『受胎告知』の前で

Namiko

中澤美喜子

鳥影社

『受胎告知』の前で　目次

『受胎告知』の前で

一　『受胎告知』の前で

列車の窓から見る、その日のイタリア中部の風景は、小雨も手伝い僅かな湿り気を帯びていた。けれども、南フランスの赤茶けた山肌の風景よりこちらの方が落ち着くのはなぜだろうか、と思いつつ、南実子《なみこ》は焦点の定まらない視線で窓の外を眺めていた。ローマからフィレンツェに向かうには、ローマ・テルミニ駅からローマ・フィレンツェ線の特急列車に乗る。フィレンツェまでは、地図上は直線にも近く、およそ一時間半で到着する。

人は海外に旅に出た時、全ての風景は、それが雨に沈んでいようが、目に映るもの全てが旅人の気分を豊かにする。雷光に対してさえも恐れもなく、むしろ美しいと感じる。けれども、その乗車時間の間、何一つとして南実子の心を惹くことはなかった。

「どうして帰って来ないの？」南実子は半ば放心した人のように呟いた。彼女はそれがどれほど馬鹿げたことなのかを知るための充分な判断力を持ち合わせていたにもかかわらず、何度もそれを口にした。声に出してはならない、と思うものの制止がきかなかった。

列車がサンタ・マリア・ノヴェッラ駅に着くと、南実子の胸の鼓動は高まり、列車のステップを降りながら、誰かを探すかのように辺りを見回した。やがてしばらくすると、そうだ、前々からいないことなど分かっていたはずだ、と諦め、宿へ向かった。

部屋の古びたドアを開けると、宿の値段と相応した安物の石鹸の香りがした。小さな荷物をそこに置くと、すぐにサン・マルコ美術館へと急いだ。

一年前の記憶が凄まじい勢いで蘇ってくる。それに急かされて石畳の道を足早に歩く。周りの建物には目もくれることもなく先を急いだが、途中、せりだした石造りのウィンドウがあり、ちらと見た時、手編みのセーターが目に入った。この藍色はあの人が好きだった、という思いがにわかに彼女の心を包んだ。が、そのわいてしまったものを打ち消さなくては、と躍起になった。あの人がいるわけはないのだから、どれほど急ぎ足になっても仕方がないと分かっている。

それでも足は規律ある機械のように早く動かされ、彼女の心と体には矛盾が渦巻いていた。

ラファエロに惹かれ、ピッティ宮殿に行き、そして、ウフィツィ美術館に来たのは一年前の二月のことであった。南実子はルーム26でラファエロの『ヒワの聖母』の前に立った。聖母マリアと二人の小さな子供、キリストとヨハネが描かれている。

マリアは聖書を左手に持ち、裸の赤ん坊のヨハネを両膝の間に入れ、右手は衣を纏《まと》った赤ん坊のキリストの脇に添えている。そして、静寂な眼差しをキリストの上に落としている。

三人の配置は、ラファエロがレオナルド・ダ・ヴィンチから学びとったものと言われている。ピラミッド型で、背景はスフマートとなっている。二人の赤ん坊は、真っ直ぐに立っておらず、少し体を捩《よじ》っている。これはミケランジェロから習得したといわれていて、絵に生き生きとした動を与えている。

聖母の慈愛に満ちた、少し瞼《まぶた》を伏せた顔の美しさは神々しい。二人の赤ん坊はというと、見事な肉付きで、思わず微笑んでしまうほどだ。キリストの手にはヒワという鳥が乗せられていて、ヨハネが撫でるように鳥の頭に手をやっている。幾色もの羽を持った綺麗な鳥だ。

いつもは混雑しているはずの時間、その場所には偶然にも誰もいなかった。その為に、南実子は後ろの人を気にすることもなく、その見事な絵に全身を集中させて見ていたが、それはしばらくすると破られた。

「ヒワというのは受難を表す鳥なのだそうです」

と言う突然の声に南実子の肩の辺りがぴくっとした。躊躇しながらも振り向いたのは、日本語ということに加えて、その声に幾許《いくばく》かの純朴さを感じたからであった。

そこには真っ黒な顔の一部がまだらになった中肉中背の日本人の男性が立っていた。彼にとっても、南実子にとっても初対面のはずなのに、なぜか、男はにこにことしていた。まだら顔の男は頼みもしないのに、どうしてヒワが受難を表すのかというと、ヒワは薊《あざみ》のような、受難を象徴する茨《いばら》のある植物の種子を食べるからなのだ、という説明をする。

南実子はこの人は何者なのだ、と僅かに眉根をひそめて男の顔を凝視したが、男は、ラファエロは三十七歳という若さで亡くなったのだそうです、とまたもや説明を始めた。

状況によっては苦痛にもなりかねないこの場を、南実子は早く逃れようと考えた。これ以上その男と関わり合いになる気がないことを示さなくてはと思った。どうも、と失礼にも聞こえる一言を残すと、彼女は男をそこに置き去りにした。

男は、自分が唐突に話しかけたことは迷惑だったのだ、とようやく思った。取り残されてしまったことに、少年の頬に表れるかのような羞恥心を覚えながら彼女の後ろ姿を見ていた。

一 『受胎告知』の前で

南実子はウフィッツィを出ると、あの男が後をつけてくるのではないかとどきどきしながら、早足でサン・マルコ美術館へと向かった。彼女は大体のところ慎重な人間であり、旅先ではそれが、危険を避けるには最も重要なものであることを知っている。途中カフェに入って、一杯のカプチーノで思いもよらぬことで渇いてしまった喉を潤した。

南実子が向かおうとするのは一枚のフレスコ画の下であった。今はただ、早くその前に立ちたい、と思っていた。十年前の二十代の終わり、初めてそこに立った感覚はいまだ彼女の体を去っていない。最初にピッティ宮殿、次にウフィツィ、三番目にアカデミア美術館へと向かった。

少し疲れて近くのサン・マルコの礼拝堂に立ち寄り一息ついた後、隣接する美術館へ入り、予定していなかった画を見た。そして、あの画に磁石の如く惹きつけられたのだった。

一階にある画を素通りすると、一目散に『受胎告知』のある場所へと向かう。その頃には画との再会に胸が躍り、あの男のことは彼女の頭からすっかりと消えていた。

絨毯を踏みしめて、廊下を進んで、右手に折れる。そこで一度立ち止まると、大きく息を吸い込んだ。階段は十五段あり、再び右に折れると、『受胎告知』が現れる。

十年前、『受胎告知』の前に立った時、その清冽さは南実子にすぐに近づくことを許さず、しばらくの間、階段の下から眺めているほかはなかった。胸の鼓動が収まるとその画から目をそらすことのないまま、顔を上げて階段を一段一段上がって行った。

今、再びその前に立った。五百余年、その画はその前に立つ者たちを沈黙させ、言葉の霊力を一時的に失わせてきた。その場所に立つ者がキリスト者であろうとなかろうと、そのようなことはここでは問われはしない。この画はそうしたことを超えていた。

木の椅子に慎ましやかに腰をかけるマリアが纏《まと》う服は、聖なる愛と真実とを象徴する情熱をおびた赤ではなく、薄い土色をしている。肩からは、天への貞淑性を表現する青い色のマントのような衣を床まで垂らしている。大天使ガブリエルの口から紡ぎだされる言葉に真摯な者の姿であり、質実さはそれを受けるに相応しかった。

そこにいるのは、マリアが生きたその時代、どこにでもいた一人の純朴な乙女だが、この時、マリアはつい先程まで知ることのなかった真実をガブリエルから伝えられたばかりであった。

驚きは、マリアをその瞬間、無表情にしたかもしれない。けれど、「まことなのでしょうか？」と問いながらも、言葉を懸命に受けとろうとする。眼差しにそれが残されている。

ガブリエルは左膝を折り曲げ、優雅な様子で、手を胸の前で交差してマリアと対面する。長いドレスの美しいドレープが床に向かって流れている。その色は茹であがったばかりの、少し色が抑えられた桜えびの色だ。天使のふっくらとした両頬は薄紅色で、表情には天の使いとしての、何ものにも侵されはしない聖霊の余裕が浮かぶ。微笑を湛えながら、マリアより僅かに低い位置で、やがて聖母となる者に敬意をもって視線を向けている。

知らせる者と、知らされる者との緊張感溢れる対峙がそこにあった。何も知らなかったマリアは以前のマリアを去ろうとする。一人の少女としてまだ持っていてもよかった純朴さは一瞬のうちに彼女から消えゆこうとし、動揺は奥深く隠されたままに、全く別のもの、ただ信じる、という覚悟へと変わろうとする。彼女は鳩尾《みぞおち》のあたりで手を組み、言葉を受容する。

その画の前で南実子は長い時間を過ごした。夕闇と共に閉館時刻が迫ってきてもなお、この画を目にした、という入り口に立ったに過ぎない気がした。

まだ、何か語られるものがある、耳にしたいものがある。絵を多少なりとも習ったことのある者として、南実子は明日、もう一度、この画の前に立とう、と思った。

翌朝、宿での簡素な朝食をとるのももどかしく、サン・マルコへと走るように向かった。まだ朝だというのに、心はこれほど高揚するものか、私は思いを寄せる人の許へと一目散に走ってゆく若い恋人のようだわ、と呟く。まだ重大な恋愛を経験したことはなかったが、後にも先にもない恋愛をしたならば、きっとこんな気持ちなのか、と思った。

触れ具合が手にしっくりとする木戸を押し、回廊を過ぎて建物に入る。階段の途中で立ち止まる。二つ目の階段の十二段目で、その画を見上げるのがちょうどいい位置だ。

聖母となるマリアの慎みある受身の様子はギリシア的流れをくんでおり、二人は気品ある姿で共に胸の辺りで手を十字に組み合わせて、互いへの歩み寄りを見せている。

「視《み》よ、なんじみごもりて男子を生まん。その名をイエスと名づくべし。彼は大いならん。至高《いとたか》き者の子と称《たと》えられん」（ルカによる福音書より）

多く伝えられるところによれば、ガブリエルが降りてくる前、マリアは、

「見よ、処女がみごもり一人の子を産み、それをエマヌエルと呼ぶだろう……」

というイザヤ書（旧約聖書の一書）の一節に目をおとしていたと言われる。

ガブリエルは厳かに、けれど温かく優しさに満ちた声でマリアに言う。

「あなたはよろこびなさい」と。

言葉が無から有の糸を紡ぎ出す。それは蚕が口からはきだす一本の美しい絹糸のようであった。

年若いマリアはこの言葉をたった一人で受ける。驚きのすぐ後に乙女らしい、拠《よ》りどころを知らぬ恐れが彼女の身を射る。それは、潔癖な懊悩となってゆく。なぜなら、ユダヤの民

にとって肉体的な純潔は掟であり、たとえ婚約をしていたとしても許されざることでもあったからだ。

「われまだ男を知らぬに、如何にしてこのことのあるべきや」と、マリアは問う。

「おそるるなかれ」ガブリエルが応える。

言葉が新しいマリアを生みだそうとしている。言葉は彼女の中に満ち溢れ、ひとたびの不安は畏怖となり、彼女は信じようとする力をこの時与えられたのかも知れない。彼女をかつてない苦悩と、そして崇高さへと導いてゆくこともいまだ分からず、マリアはガブリエルの言葉を受け入れる。

この一枚の画につけられた題名は、その事象たるものを超え、「信じる」ということを物語っている、と南実子には思えた。

「信じること」と「信じないこと」との間には計り知れない距離があって、異なった運命を展開する。信じる、ということは、この先に何があろうとも覚悟をして臨む、ということなのではないか、そして本能に覚悟が加えられる時、その、信じると信じないという二つは隔たったものとなるのではないのか。

生を受けて以来、十四年間ずっとマリアと呼ばれてきた。

「海の滴《しずく》、苦い水を意味するミリアムというヘブライ語から派生した」と言われる、マリアという名。その名は変わらない。けれども、ここにはもう以前のマリアはいない。「信」を受け入れたマリアだけがいた。それは、同時に始まろうとする苦難を受け入れた姿でもあった。

この時十四歳であったと言われるマリアの中の、今までの自己という存在の意識の全てが、告知によって、全く別のものへと転化していく。そして、見る者が心揺すぶられるのは、それが試練の始まりであることを知っているからだ。

ガブリエルの目は輝いている。それはマリアが信じることを知る者であり、信じることを始めるに足らんとする者であることを確信する目であった。

いつか自分に子供が生まれたら、この画を見せてあげたい、と南実子はふと思った。プラトンのイデアは〝視覚というものは二才頃までに完成される〟と言っている。それまでに沢山の絵を見せてあげよう、この画の前に立つ時、彼は何を感じるのだろうか。けれどもどういうわけか、その未来の図の中に夫という存在が見当たらないことを南実子は不思議に思った。

翌朝、八時四十分。その階段を上がってゆくのは南実子一人きりであった。瞬《まばた》きさえももどかしく、真っ直ぐに顔を上げて、『受胎告知』から目をそらさずに、静かに階段を上がる。まだ人々の熱気をおびない朝の空気が、以前には修道院であった回廊にあった。

南実子は見慣れて懐かしさのようなものを覚え始めた『受胎告知』の前にしばらく立った後、画の左手にある小さな木の椅子に腰をかけた。そこに座った途端、目の前に奥行きのある空間が現れた。その時、画は元僧院の重要な一部となってその存在感を僅かに変えたりもした。

椅子の後ろの窓から朝の光が射し込み、光は廊下の隅々まで到達し、まどろんでいた建物の内部を目覚めさせる。何百年と繰り返されてきたことが、この日の朝も始まろうとする。修道僧たちの足音は遙か昔に消え、静寂さが空間を満たす。南実子の背中が温められてゆく。長旅の疲れが今頃になってやってきて、南実子はうとうとと眠りにひきこまれていった。

衣ずれの音が聞こえてきた。僧服に身を包んだ一人の男がやってきて、祈りを始めた。胸の前で手をきつく組み、目を閉じ、深い思いをこめた祈りを、主と聖母に捧げた。それを終えると、画僧として目覚めた人となり、絵筆をとると、漆喰の壁に向かった。そして一心不乱に筆を動かした。それはあらゆることが頭の中にすでに組み立てられている無駄のない動きであった。

漆喰というのは、石灰石、大理石、白亜を砕き焼いて生石灰《き》とし、それに水を加え数ヵ月寝かし、消石灰にしたものを練って作られる。

ルネサンス期におけるフレスコ画は〝職人画家から近代芸術家意識に目覚めた画家へと大きくシフトしていたことが分かる〟と、言われる。

「ブオン・フレスコ（真のフレスコ）」はいかなる接着剤も使わずに、水だけで溶いた顔料で生乾きの漆喰壁に描いてゆく方法である。

〝下塗り漆喰は二層に分けて塗られ、すでによく乾燥して硬化している。湿気は大敵なのだ。なぜならそれは毛細血管現象で盛り上がり、フレスコ画を内部から破壊してしまう〟

上塗りの漆喰を塗った作業は終えられていて、下絵も描いた。

人は絵を見る時、まず絵の右側にあるものに注視すると言われる。絵の中でマリアは右側にいる。処女性を表すブルーでマリアの衣を染める。当時、資金が潤沢な場合は、ウルトラマリンブルーにする為にはラピスラズリーを砕いたが、この薄いブルーがそうであるかは分からない。

ガブリエルの深みのあるピンク色をしたドレスのドレープは美しく優雅に仕上げなくては

ならない。これは貝殻虫から引き出された色だろうか、想像でしかない。

何一つ手を抜くことはないが、彼は少し急いだ。時間がそうあるというわけではない。なぜなら、漆喰が乾かぬ内に描き終えなくてはならないからだ。猶予は七、八時間ほどしかない。

〝一人で完成することを前提とするフレスコ画は、画家の個人の力量が評価され、同時に個人の名声が重んじられるルネサンスの時代的傾向と符合していた。そしてまた、加筆修正不可であるフレスコ画はもっとも確実なデッサン力が要求された。その上、漆喰が乾くと濡れていた時とはかなり異なった発色をする為に、乾燥した時の色合いまでも心得ておかなくてはならない〟と、『フレスコ画のルネサンス』は書く。

けれども、心配はいらない、男には並々ならぬ技量と、それまでに積んだ山のような経験がある。そして何よりも彼には祈りというものがあった。それはその絵筆の力そのものなのだ。

彼の篤い信仰が筆の先から漆喰へと、瞬く間に染みこんでゆく。僧服の下の手を動かしているのは彼の肉体以上に、信仰する意志であった。その手は人の体を新しきものに蘇らせようとする外科医の、新しい肉体を創造しようとする手にも似ていた。もしそうであるならば、外科医には技術の上に、いやその根底に、患者に対する気持ちと、そして、たとえゲーテが情熱は病であると語ろうが、その熱情とが、要求されるに違いない。

ガブリエルの羽は少しやっかいだ。より丁寧に仕上げなくてはならない。その丹念な作業を終えると、ガブリエルの金色の髪に縁取られた頬をうす桃色に染めた。ガブリエルは天からの使者として未来をもたらす。その目と頬は輝くものでなくてはならない。

『受胎告知』は多くの画家によって描かれている。『ユングと学ぶ名画』には画家としてのアンジェリコを評価するに値する興味深い分析がある。

〃レオナルドの『受胎告知』においてはマリア上位であることが見受けられるが、アンジェリコは天使上位に見受けられる。それは彼が天使上位というものにも魅力を感じていて、豊かな感受性の為、どちらも捨てることができずに両方を描かざるを得なかった。対立する両者に共感でき、両者とも捨てずにいる、というその緊張感に耐えられるというのは大変素晴らしいことである。その緊張の中からこそ、対立物の結合が生じるからである〃

全てを描き終えると彼は署名をした。「フラ・アンジェリコ」と。アンジェリコは画の前に頭を垂れ、再び手を組むと祈りを捧げた。

「神よ、画を描く為に、この手に筆をとらせて頂いたことを、その思し召しに感謝します」

それを言い終わると同時に、彼の頬には喜びと畏れの涙が流れた。

アンジェリコが自分の体で主から感じ受けた愛が、彼の内部から涙となり、力となり湧き上がってくる。主の遺《のこ》したものが、アンジェリコの手を通して、具現化されてゆく。彼の手は彼の意志を超え、動かされてゆくのであった。

アンジェリコは涙を流す度に、過去と現在と未来、そして今いる処、という通常の時空を超越する彼の祈りの中に画を完成させていった。


洗礼名をグイードといい、父の名はピエトロであったので、グイード・ディ・ピエトロというのがフラ・アンジェリコの本名である。一三九五年から一四〇〇年の間にフィレンツェの北部で生を受けた。天使のような、という意味のアンジェリコという呼名は彼の死後に与えられた。

アンジェリコは、彼の力量を熟知していた法皇エウゲニウスⅣ世に招かれ、ローマにも行く。彼はまた、財務・管理能力にも優れていたので、フィレンツェ大司教に推されたことがあったが、こう言って辞退をした。

「私は神から与えられた画僧としての仕事を続けたい」

彼は、脇道にそれることなど考えもしない。サン・マルコ美術館の『受胎告知』は彼がローマから戻って最初に描いた画であり、年齢はすでに五十歳前後となっていた。ヴァチカンの『聖ステファノの叙階』の中で描いた建物の柱頭が、ここでの全体の構図の中で充分に生かされていている。

このフレスコ画の中の人物の配置は斜めとしているので、画には奥行きが与えられた。見る者はマリアとガブリエルが交わす言葉を想像し、耳と心を澄ませる。

簡素ゆえに、見る者の感性は無限となる。画の中の、言葉を持たぬ者と、見る側の、言葉を持つ者との対峙。それは時に対等の力を要求する。そして、語ろうとする者に沈黙が譲られ、口きかぬ者に音なき声が授けられることがある。

どの位の時間が経ったのか。南実子は係員の女性に、とんとんと優しく肩をたたかれて目覚めた。アンジェリコの姿はすでに消え、彼女の頭に残された鮮やかな記憶は夢なのか、幻だったのか、南実子にはすぐに判断がつかなかった。ただ、アンジェリコの、脇目もふらず、祈りと画とに向かう彼のひたむきさが、南実子の中に強く残された。

一日目、マリアの心持ちに沿おうとした南実子がいた。そして、三度見た後、ガブリエルの側にも立つ自分がいた。この画は両者の心持ちに沿って、何かが湧いてくるものだ、と南実子は思った。

階段の途中で振り向いて『受胎告知』をもう一度見上げた。マリアとガブリエルは過去の五百余年と、いま、という時間の中にあった。

南実子はミラノに発つ前の、フィレンツェでの最終日にピサに行く予定をたてていた。斜塔を訪ねるのは旅行者の常套なのだが、そうしたことよりも、自己の説を曲げることなく、苦難続きの中で決して諦めることをしなかったガリレオが生まれた場所を訪ねてみたかったのだ。

ところが、翌朝起きると同時に、彼女の頭からはすっかりとピサは消え、もう一度だけ、あそこに行こう、という思いだけがあった。それはすでに昨日、階段を下りながら、ピサを止めてここにもう一度来よう、と彼女の中のたった三度の経験で築き上げられた無意識がそれを決めていたのかも知れなかった。

吐く息が白い朝の中、南実子はもう一度だけ、あの画の前に立とうと走った。この朝、まだ人々はこの木戸を押していないだろう、と画を独り占めできると思った。けれども、階段を曲がった所で彼女は立ち止まった。

階段の上の画の前には一人の男が立っていて、その後ろ姿からは真剣な様子が窺《うかが》い知れた。

彼はしばらくその画の前を動こうとはしない。『受胎告知』と男の存在の静けさは妙に一致していて、その場には静謐さが宿っていた。

南実子はそれを乱してはならない気がし、階段の下で立っていた。静謐な時間を終えて歩き始めた男は、回廊を左に曲がったので、彼の横顔が南実子の目に入った。朝のまだ薄い光の中に男の横顔はまだらであった。

「あっ」と南実子は驚いたが、たった今の静謐さは、あの時の無礼さを南実子の記憶から消していた。あの図々しいほどの明るさはそこにはなかった。彼女は階段を上がり、画の前に立ち、ふと男の静謐さを思った。どちらがあの男の本質なのか、自分がこの画に惹かれる以上に、彼は先日の明るさを閉じてしまうまでに、そうなのかも知れない、と思った。

そんなことを考えていると、他の僧房を早めに切り上げたのか男は画のある廊下に戻ってきた。そして、彼は数日前に話しかけた南実子がそこにいることに気がついたが、彼女を見ても驚きを表すこともなく距離を縮めていった。

今度は彼女の中にこの前のような不可解な気持ちがわくことはなかった。男の顔は真っ黒でまだらだったが、その顔にはあの時の騒々しさはなく、双眸《そうぼう》には、美しい輝きがあった。彼は、前の時よりもずっと低い声で、「また、お会いしましたね」と言葉を発した。それは全く余分なものが省かれて、真摯な声の響きであった。

南実子はその響きにはっとし彼の顔を礼に欠けるほどに見たが、三日前に突然に現れたあの男性と同じ人物とは思えず今度は自分が彼の時間を邪魔した気になった。

男性は少しはにかんだ表情をすると、画の方に向いた。南実子と男性は二人で画の前に立ったが、それは二人が言葉を交わすよりも自然なことであった。

その沈黙を最初に破ったのは南実子の方であった。

「私、この画に惹かれるのです」その言葉に、男性は横を向いて彼女の目を見ると、

「僕もです」と言った。

その短い会話は瞬く間に二人の感性を重ね、沈黙はずっと続いても構わないと思えるほど時間を完成させた。稀なる美しい画の前に、二人は嘘のない者たちとなった。

その沈黙が充分に熟すと、

「この前は驚かせてすみませんでした。後ろから突然話しかけるなど、失礼なことをしました。でも、また会うとは偶然ですね。僕は、こういう者です」

と言って「アルピニスト　渡大輔」という名刺を差し出した。

「この前はユングフラウから戻って、少しのんびりとしていたのです。山から戻るといつもあの絵とこの画を見たくなる。そうしたら、日本人、と思ったあなたがいました。急に懐かしくなってしまったものですから。許して下さい」

南実子は詐欺だとか、マフィアだとかを思い浮かべたことを恥じた。なぜあの時、強張るほどの緊張をしてしまったのか、今となると皆目分からなかった。

「僕は、この画とこの場所がただただ好きなのです。この画が放つ力には圧倒されます」と言った。

初対面に近い相手に率直に心の内を吐露するなど、彼は正直な人間なのだろう、と彼女は思った。

南実子は名刺にもう一度目を落としながら聞いた。

「アルピニストとありますが、いつ頃から、なぜ、山に登るようになったのですか？」

少しばかりの沈黙の後、彼は口を開いた。

「人間以外のものに何かを求めようとしたのかも知れません。三十歳を過ぎて一度登っただけの山にとりつかれてしまいました。山は人間の持つ苦悩を超えて、絶対的なものに感じられたのです。それは何も語ることなく、けれども雄弁な包容力をもって、僕を迎えてくれました。

山々は決して嘘のない、そして揺るぎのないものに見えました。勿論、天候などの運もありますが、こちらが必死で訓練した後に初めて登ります。最も重要なことは、自然を敬うことです。そうすれば山はその真剣さを受け止めてくれるのです。

そして、山に登るようになって人間を好きになりました。とりわけ、山の仲間ほど素晴らしいものはありません。何しろ皆、命がけですから」

南実子はただ黙って、今度は礼をもって、そして本能に従って渡を長く見つめた。

「画の話に戻りましょうか」

と言う渡の言葉に、南実子はこの展開に少し空ろになりながら、ええ、と答えた。

「勿論、この画の中にあるこれから予測される苦難、とか、誰かを盲目的に信じる、ということもそうですが、漆喰画というのは時間に追われて描かなくてはいけないせいか、何となく切迫感があって、僕はその経過も含めてそれが好きなのかも知れません」

南実子はなるほど、そうした見方もあるのだ、と三日前の時間が一掃されてしまったかのように、彼の言葉に一々と納得した。

「そうだ、日本に帰ったら、美術館に行きませんか？　都内にもいい美術館は山ほどありますが、伊豆にもいい美術館があります」

彼の言葉は、どうしてこうも唐突なのか、幾つかの手順を飛び越えている。今、二人がいるのはフィレンツェだ。お互い何も知らない。ただひとつの、魂を浄われるような画に向き合った、というだけだ。だというのに、ええ、と南実子は自分でも知らぬうちに頷いていた。

そして彼女は、心の中で慌てて、それは渡の画に対する真摯さを確認したからだと言いわけし、断る理由を見い出せなかった。

この画を見た後、用事があるという渡と別れて、南実子は再び一人で『受胎告知』と向き合った。彼女の心は少し高揚していて、以前とは違っていた。


数日後、二人はそれぞれに日本に戻り、それからしばらくして東京駅で待ち合わせた。「踊り子号」のホームを歩く間、互いの腕が僅かに触れ合い、すぐに引っ込めたりして歩いた。

ここから伊豆高原に向かう。隣り合わせの席だが、二人の間には、意識をして少し空けられた隙間があった。けれども、そこにある空気は、これから始まろうとする時間に向かう、否定しようのない期待感と、緊張感が混じり合っていた。

時折、手の甲が触れそうになると、渡は慌てて引っ込めて、まるで少年のようであった。けれども、その互いの意識に反して会話は弾んだ。二人はフィレンツェでのことを今となると愉快に思った。

「僕は、少し間違えばストーカーでしたね」

「本当に、ごめんなさい」

「いえ、いいのですよ。あれは僕が悪い。でも……」

「でも？」

「本当のことを言えば、あなたの後ろ姿に惹かれたのですよ。最初に真っ直ぐな黒い髪を綺麗だと思いました。純粋なんて言葉は青臭いかも知れませんが、真剣に絵に見入るあなたの後ろ姿はそれそのものでした。いえ、もっと言うなら、祈りの姿に見えたのです。祈る姿というものは、美しいものです。そして、そこには、山と一緒で、嘘というものがありません」

南実子は顔を赤らめて下を向いた。渡はそんなことを言ってしまって、悪かったと思ったのか、話を変えた。

「アンジェリコという人はどんな人だったのでしょうね」

それは南実子に、夢か幻か分からぬものに出会った体験を話さずにはいられない言葉であった。彼女は椅子に腰掛けて眠ってしまった時のことを、覚えている限り話した。彼は、それは南実子が幻を見たのではないか、とは聞かなかった。

「神から与えられた画僧としての仕事を続けたい、か。すごい人ですね」

と、感嘆したように言った。

「ああした画を描くのは、ただひたむきであることを止めなかった人だったのですね」

南実子は、渡が自分が思う以上にこの話を熱心に聞いてくれ喜んでくれたことに、こうして話す為に夢を見た気がして嬉しくなった。夢か幻かを、見た甲斐があった、と思った。

伊豆高原駅から池田二十世紀美術館へはバスに乗って向かう。彼はこの不便さを、

「山に登り始める前は何も考えずスピードを出して車を運転していたのですが、山を知ってから段々怖くなってきたのです。山と同じで僅かのことが引き起こしてしまうことがある。自分が傷を負うのは仕方ないけれど、人や仲間を傷つけることは辛いですからね」

と、説明した。

南実子はその言葉に、自分より先に人を思う彼の人間性に触れた気がした。けれども、同時に優しすぎる、とも思った。自分の周りには心優しい人は大勢いる。それを行為で表す人も多い。それでも、彼は優しすぎる。それは罪になることもある、という思いが、なぜかその時頭をよぎった。

半年が過ぎ、南実子は渡に強く惹かれていった。それは、彼の、危険と隣り合わせの、山に登るということへの真剣さをより深く知るようになったからであった。彼女は渡の、ひとつのものごとに真剣になることができる、という真摯な人間性に惹かれた。そして、二人は

何回か会って、互いの気持ちを確かめると結婚へと向かっていった。

南実子はこれまで、何度か見合いをしたが、誰ともしっくりくることがなかった。見合いというものは元々しっくりなどくるものではない。祖母たちの中には結婚式の日まで互いを知らないことさえ多くあった。そうした時代を考えれば、現代の自由の度合いには格段の差がある。ただ、その自由は時に歯止めが効かないこともあるが。

見合いは五割方、いや、三割方、互いが多少の好意をもてば、成立する、というのが相場のはずだが、世間知らずもいいことに、南実子は絵空事に近い理想を求めていた。その上悪いことに、靴のデザインという面白い仕事をしていると年齢を忘れがちになる。けれども渡との出会いに、何回かの見合いを断って良かったのだ、と感じた。ただ、彼女の中にはひとつだけ、ある不安があった。

渡の両親は敬虔なキリスト者であった。彼は子供の頃に、両親の叫ぶような懺悔《ざんげ》を聞いたことがあった。彼はわけも分からず、恐怖のあまり凍りついてしまい、それから何かを信教することに拒絶感を抱いたと、ある日、南実子に告白した。

「あれは魂の叫びでした。少し大人になって、人は、そして自分の両親がどれだけ罪深いものを感じて生きているのかと、考えさせられました。けれども子供の僕にとって、あの叫びは恐ろしいという記憶しか残されませんでした」

叫びというものを耳にしたことのない南実子にとって、それは驚きであった。見えぬものに対して畏怖を抱き、それらに信仰に近い気持ちを持っている。そして、仏教やキリスト教を物語る絵画に深い興味を抱いている。けれども、特別な宗教、強い信仰というものを持たない南実子にとって、彼の両親が揺らぎのない強い信仰を持っている、ということに不安を抱いた。たとえ、渡が今は拒絶していようとも、いずれ彼自身もそうしたものを持つのではないかと思った。なぜなら、彼はこう言ったことがあるからだ。

「ただ、山の寡黙さに接している中に、両親のあの叫びが少し理解できるようになりました。人が苦難の中に生きなくてはならない時、叫ぶことは人間の本能でもあったのです」

強い信仰を持つことは一般的な生活より、それが常に先立つことなのではないのか、それは今の自分にとっては未知の世界に等しい。彼が聴いた懺悔の叫びという行為、彼自身もいつかそれをするのであろうか、その時、自分は覚悟して、耳を塞がずにそれを聴くことができるのか。それともそれは、取り越し苦労なのか。そうしたことに懸念を覚えた。

渡に惹かれていくと同時に、それが頭を離れることはなかった。

南実子は多くの日本人と同じように、宗教を特別に意識することなく育った。ただ、祖母は、古き良き人々と同様に、仏壇の前で毎日経を唱えていた。そういう点では、仏教の空気というものはあったかも知れない。昔からの浄土宗信徒である祖母が日々読経するのは、彼女は子供を二人も亡くしていたという理由からでもあった。

そして、南実子は小さな頃から祖母に「お前は御先祖様の生まれ変わりだ」と言われ続けていた。それは、何百年も前の、最初の御先祖様の命日と南実子が生まれた月日が一緒であったからであった。ただ、よくよく考えてみれば、古い墓石に刻まれた月日は陰暦であるので、正確に言えば同じではない。けれども、祖母はそう信じて疑わなかった。

祖母の実家も浄土宗であり、彼女は小さな頃から習慣として事あるごとに「南無阿弥陀仏」と唱えていた。そこで、彼女は生まれた孫に南無子とつけようとした。祖母は「南無」という言葉が、梵語　サンスクリット語の、ナマスの音写であり、「信じ従う」という意味であることを知っていた。

けれども、当然のことながら、父と母は、それはあまりにも可哀そうだ、ということで、無を、実にしたのであった。

父と母も古くからの先祖を大切にし、菩提寺の行事の度に足を運ぶのは当然のことであった。墓を丁寧に掃除し、祖父母の祥月命日には墓参を欠かさない。けれども、その一方で父は無神論者であり、自由な思想の持ち主でもある。いうならば多くの日本人がそうであるように、日常の中では生活と時宜に合わせたいわゆる先祖教である。

南実子は、縛られることのない日本人の生活の中の習慣でもある、自然を敬い〝ご先祖様を大切にする〟という穏やかな信仰の心を、日本の土壌と日本人に合ったものと感じていた。そして、父と母の、何より先祖を大切にするという人の根本を守る態度を敬っていた。

強い、極度の信仰とそれらの団体は、時に原初的な信仰というものから離れていくこともある。その行動と集金の力は団体を太らせ、尊ばれるべき個人の志や祈りの方向を変えてしまうことさえある。南実子はあくまで信仰、信教、そしてそれらに対する行動は個人の自由であるべきだと思っていた。


父が言うには、ある高名な人が本の中で語った〝人は死んだらチリになる〟が理論的なのだそうだ。彼いわく、今のところこれが一番納得できるという。

それを聞いた時、南実子はそれに賛同したのであった。チリというたとえ微少な物質であっても、統合されていた自身の肉体を喪失した後、魂を載せたものがどこかで存在するかも知れない、という微かな希望のようなものが、死に近づかざるを得ない人間の救いとなるのではないか、と思えたのであった。

そして、つい最近ある本の一文が、彼女の長年の宗教に対する疑問に答えてくれたのであった。
〝宗教は霊性を制度化しようとする。宗教の名において行われることの多くは、個人の安寧というよりは、制度の永続化にかかわるものである。宗教的であろうとなかろうと、人は霊的な生活を営み、霊的な健康に及ぼす影響を探求することができるのです〟という箇所を読んだ時、宗教というものの一面であろうものを知った気がした。

ただ、教義を極めようとした人々の尽力、そして、その著書には強く惹かれる。南実子は二十代の初め、道元の『正法眼蔵』を読み始めたがちっとも前に進むことができず、諦めて弟子の懐奘《えじょう》が書いた『正法眼蔵随聞記《ずいもんき》』を読んだ。それは、想像していた『正法眼蔵』よりも難しい内容ではなく、人がきちんと生きていく上でどのようにしたらよいのかを示してくれるものであった、と記憶している。

そして、別の書物にあった「禅とは、歩くときは歩く」という一行を読んだ時、今までどうにも分からずにいた、禅というものの一ページを開いてくれた、と思った。

そのたった一行が、禅に全く無知であった者の目を僅かながらも開かせてくれたような気さえした。

ひとつのことに集中することは、ひいては道を極めることになるのだろうか、と思った。

もし、そうしたものが人の根本的な行動にあるならば、人はより実直的に生きることができるであろう。

そして、何より南実子は、曹洞宗の祖でもある道元の人生そのものに強く惹かれた。道元は、諸説あるものの内大臣だったと言われる父を三歳で亡くし、さらに八歳で母を亡くす。幼き頃に父と母を続けて亡くすというのは、子供にいかなる感情をもたらしたのであろうか。わきあがる悲しみを持って行く場所さえも知らなかったであろう。いや、感情の表し方さえも、よく分かりはしなかったかも知れない。けれども、道元は図らずも幼くして人の生死の無常を身をもって知ったのであった。

聡明であった道元は十四歳で出家、比叡山で修行し、二十八歳で中国に渡って仏教を学び、今の曹洞宗の開祖となった。

南実子は、全くそうした拘束のない中で育ってきた自分が将来、西洋の特定の宗教に心を注ぐことができるものなのか、と思った。近所の優しいお姉さんと日曜日に教会に行き、聖書に耳を傾け、神父が一人一人にくれる小さなカードを大事にしていたのは子供の頃である。

キリスト教がどのようなものであるかも知らずにいた、その穏やかな記憶は遥か遠くのものとなっていた。

今、渡が信教することを拒絶しようと、いずれ両親の思いをごく自然に継承するのではないだろうか。彼の、いつか来るだろう奥底にある宗教に対する熱意を、その時自分が受け入れられるかどうか、不安が頭をもたげていた。強い信仰を持たない者にとって、信教することは予測のつかない未知とも言えることであった。

渡が両親の思いを継いでいつかキリスト者になると決まってもいないのに、南実子は懸念した。だが反発した者は、両親の強い信仰という場所に戻ることもある。

南実子はこうしていつも考え過ぎた。


渡が再びスイスに出発する日、南実子は会社を休んで成田まで見送りに行くと言ったが、彼はどうしても嫌だと言う。山に向かう時は、たとえ日本を発つ時でも独りでなくてはならない、ようやく出会うことのできた南実子に見送られると心が残ってしまう、と言う。それはまるで行に向かう修行僧のようであった。

それでも駄々をこねる子供のように南実子が食い下がると、

「あなたは見かけによらず意外に強情なのですね。仕方がないなあ。出迎えだったらいいよ。

フィレンツェに来られる？　そうしたら、一緒に帰ってくることができる」

と、渡は答えた。彼はまるでフィレンツェを隣町ででもあるかのように言うのであった。それでも南実子は「ええ、行くわ」と、何の躊躇もなく答えた。

「じゃあ、あの画の前で会おう」

南実子はどうにか仕事をやりくりして、フィレンツェに再び行こう、と思った。


その日の天候は荒れていた。渡は下山する時、上にいた仲間をいつにも増して気遣っていた。それは、生まれて初めて守るべき人を得て、彼の、他の人々への、そして何よりも大切な仲間に対する元来の特質が一層際立ったものになった結果でもあった。

そして一瞬、南実子の声を思い出し、酷《ひど》く懐かしく思った時、小さな石ころに躓《つまず》き、足を滑らせた。その時、今までにないものが彼を襲い、後は覚えていることができず、渡の意識は途絶えた。


南実子が滑落の知らせを聞いたのはそれからほどなくしてのことであった。そして、渡はいまだに見つかってはいなかった。

いつかは来る死が、生と背中合わせであろうことを人は頭で知っている。そしてそれは遠い将来であるだろうと、人は勝手に想像している。けれども、アルピニストは日頃から、生きて山に登り生きて下るという、具体的な生きることへの意識に、嫌というほどにそれを冷徹に組み込む。それは、必ず渡にもあったに違いない。それだからこそ、彼らは、日々を懸命に生きようとする。

南実子は現場の近くまで行きたい、と言ったが、自分の両親と渡の両親に止められた。その結果、彼女は一人、彼がどこかで生きていることを信じ続けようとした。その、全く確実さに欠けた事を信じる、という苦しみに自分が耐えるのは容易いことだ、自分はそういう人間なのだ、と思っていた。

けれども、半年ほど経った時、その意志に反して、時折、その苦しみから逃れたくなったりもした。苦しみに背を向けようとする自分を見出してしまった。何かから逃れよう、と南実子が思ったのは、生まれて初めてのことであった。それは、それまで逃げたくなるほどの重大なものがなかったことの裏返しでもあった。

そして、ひとつの、他の人から考えたなら些細であるに違いない後悔が、南実子の苦しみを和らげようとはしなかった。渡が両親の意思を継ぎ、いつか叫ぶような懺悔をするのではないか。これが、結婚へと進みながらも、僅かな戸惑いを生み、このような結果に至らしめたのではないだろうか。

その、全く現実ではない愚かな想像が、自分に覆いかぶさろうとし、一点だけ消せぬ心の迷いが深い後悔となっていた。

「私があんなことを思ったからだ」と、南実子は頑是ない子供のように思った。


あれから一年が経った。渡が見つからない、という意味を南実子はようやく受け止められるようになった。そして、自分の中の区切りとして、あの画の前に立とうと思ったのであった。けれども同時に南実子は、分かっているはずの、そこに渡がいないという事実を確認することが怖かった。

南実子の理性は、この画の前に立とうとするのは、渡に会いに行きたいからではない、自分の中に棲みついてしまった幻影にも似たものに訣別する為なのだ、と必死に自分に言い聞かせた。それには理由もあった。

少し前、今働いている製靴会社を経営する田所という男性から南実子はプロポーズを受けていた。何の躊躇もなくその話を断るつもりでいたが、両親と渡の両親はそれを彼女が受けることを強く願った。

田所は高校を中退していて、南実子にはそれが気がかりであったが、そうしたものにこだわる自分自身に嫌悪した。けれども、そんな事を考える自分を良くないことだと思いながらも、断る小さな理由にしようかと考えた。

そして、父はと言うと、学歴などに勝る人間性と経済力があるではないか、といよいよ怒鳴るかのように言う。長い結婚生活、学歴なんか人生の中で思ったほどの意味もないのよ、男は頑丈さとやる気と収入なのよ、と今度は母が目を吊り上げる。そして、彼女はこう付け加えた。「結婚生活は惰性よ」と。

その上、角栄を見なさい、と言う。こんな時に、誰彼なく名前を出すなど、無神経にもほどというものがある、と南実子は思った。たとえ親であっても、本人の悲しみを分かってやろうという気持ちはあろうとも、両親が娘の心の底までを理解するのは不可能に近い。

一年経てばもういいではないか、両親は南実子に、ただ早く、渡のことを忘れて欲しかった。好き勝手を言うようでいて、親というのはいまだ世間の荒波を被ったことのない子供より遥かに現実的なのだ。たとえ、幸いというものは人それぞれに違う、と娘が主張しようとも、彼女に世間的に幸せになって欲しかった、悲しみを解いてやりたかった、ただそれだけを願っていた。

田所はつい最近二代目の社長になったばかりの、生命力に溢れ、同時に自分の前にある邪魔なものは踏み潰してしまうほどの勢いを持った男であった。双方の、いや三方の両親から懇願されたが、南実子はこの話を受けていいのかひどく迷っていた。

南実子がサン・マルコ美術館に来たのは「あの画の前で会おう」と言った渡の言葉をどうしても消し去ることができずにいたからであった。もしかして、渡はどこかで見知らぬ誰かに助けられて、記憶喪失になりながらも『受胎告知』の画だけは頭の片隅にこびりついていて、あそこに来ているかも知れない、と馬鹿げたことを真剣に考えた。けれど、どこを歩こうとも、いるわけはなかった。渡のはにかんだ顔が浮かんでくるだけで、答えなどどこにもありはしなかった。その度に、南実子は顔を伏せて目をぎゅっと閉じて、あの笑顔を消そうとした。

彼は「僕は、ただただ、この画が好きなのだ。この画を何度も見たけれど、その度に惹かれてゆく。なぜだと思う?」と言った。

「今までの時間と決別して、新しい時間を信じるという画の気がする。何でもかんでも信じるというほど、僕たちは幼くはないけれど、信じてはならないものと同じくらい、信じなくてはならない時もある」

と、雪焼けした顔を南実子に向けた。

渡は下山し、麓《ふもと》の村に着いて、道の脇の植物の葉に積もった雪の美しい結晶を見る時、それらを心底美しいと思う、それぞれに宿っているものを無心で体で受け取るのだ、と南実子に話した。

「自然は衒《てら》うこともなく、一部の隙もなく完成されていて、もし神というものがあるならば、その完成させる何ものかが神というものではないか。その時、この自分の存在にさえ涙する。こんな小さな者たちをも生かしてくれる世界に」

と、彼は言った。

「だから、自分はこの世界にあるもの全て、そして起こることを、否定しようとは思わない」

と、つけ加えた。

「ヒワは受難を示すけれども、それを乗り越えた後には、忍耐と豊穣をもたらす」

と、白い歯を見せてにっこりした。

南実子は誰かが呼びかけようとも、耳をかさぬほどの一途さで、ありったけの祈りを込めて、一年前と何一つ違わぬサン・マルコ美術館の入り口の木戸を押した。

Namiko、と署名をすると、早足にロッジアを抜けた。緋色が褪せた絨毯を踏み、廊下を進み、右手に折れる。そこで一度立ち止まると、大きく息を吸い込んだ。

二階に上がるとしばらく『受胎告知』の前に佇《たたず》んだ。そうして、左右を見回した。丁度何人かが立ち去った後で、余計に静寂が際立っていた。

その空間で、南実子は僧房の一つから渡がひょっこりと顔を出すのではないか、という錯覚に襲われそうになった。顔は凍傷で傷つき、何本かの指を失った足を引きずりながらはにかんだ顔で、南実子、と初めて名前で呼び、

「ずっと待っていたよ」

と、言うのではないかと思った。いや、あの時のように突然現れ、あの懐かしい声で私を呼ぶべきではないか、と怒りと空虚さを交錯させて、その空間で無言のまま主張した。

会いたい、もう一度だけ、会いたい、そうしたら、私は次の時間に進める。約束する、と何枚も何枚も空手形を切る。

南実子は、夢中で僧房を捜し回った。どこかの僧房にいるような気がし、それが彼女を闇雲に歩き回らせていた。徒《いたずら》な願いが南実子を支配している間だけ、空虚さは彼女の体を離れていた。けれども、それが徒労で終わることは明らかだった。

あなたの声だけが、私の止まった時間を動かしてくれる、亡霊か何かが特別な計らいをもってひと声でも発してくれるなら、それでもいい、一度聞いたら、前に進むことを誓おう。けれども、一度声を聞いたら、その誓いはすぐに破られてしまうだろう。その瞬間に、その声にもっとと思い、一度でもいいからあなたに触れたい、そしてこの頰に触れてもらいたい、という思いに耐え切れず、その為だったら何だってする、と前の約束をなかったかの如く忘れ、また別の誓いをたてる。

けれども、そうしたものの存在を長く信じ続けるには、南実子の体は苦しみで疲弊し過ぎていた。そして、彼女はこれ以上ない、という空しい時間をそこで費やしていた。

南実子が求めようと求めまいと亡霊など現れるはずもなく、彼女は、自分の外側に存在するかも知れない、万が一の現象に望みをかけるという方策をようやく諦めた。

そして、渡との思い出を記憶の限りでなぞることを始めると、彼との時間の全てをひっぱり出し、彼の言葉を選び出した。

「さあ、新しい時間を、そして新しい道を進むのだ。未来の時間を信じるのだ」

短くとも時を共にし、心を捧げようとした人の死は、その人が所有していたあらゆる瑕疵《かし》を消し去り、その人間を否が応でも至高の存在とする。そして、その不可視の存在から言葉さえも引き出そうとする。

「あなたが自分の時間を進めずにいるということは、人生の価値を貶《おとし》めることと同じだ。人生を諦めるなど、愚かな人間がすることだよ。この力のない僕でさえ、あの時、最後の一瞬まで諦めることはしなかった」

渡の時間を想像し、今まで避けていた彼の雪山での時間を初めて思った。そして、彼の最期の瞬間を想像する勇気を絞り出した。絶望というものを嫌悪すると断言した彼を思った。再び彼の声がする。

「長い間、僕のことを待っていてくれて有り難う。もう充分だ。さあ、あなたが心を砕くに値する人と出会う為に一歩を踏み出すのだ」

南実子の頬に涙が流れ、長く凍りついていた時間を融かしてゆく。けれども、全ての記憶を、この崩れそうになる自分から、どうやって消していいのか分からない。それとも、覚えていていいものにするのか、忘れるべきものにするのか。無理強いする意志を用いることなく、時間の手をかりて自然に任せるべきなのか、皆目見当がつかなかった。ただ、渡の言葉と、彼の存在を記憶していたかった。

音のない長い時間、サン・マルコ美術館の空間で、一縷の希望を抱きながら、ともすれば永遠に続いて欲しいと一瞬願った時間は、それでも少しずつ南実子を現実へと引き戻そうとしていた。

そして、決意の一歩を踏み出そうと大きく息を吸った。それを吐き出すと、田所の申し出を受けよう、渡の幻の声の言葉のように、新しい時間の為に、申し出を受けなくては、と目を閉じた。

南実子は生まれて初めて、自分の心に妥協することを決意した。両の瞼はしばらく震えたままであった。

真実の愛というものを摑み、それを永遠の思いとすることができるのはいつのことなのか、南実子はただその不安の中にいた。

二　同窓会

南実子があの画の前に立った日から六年という月日が経った。記憶は、二度とは開かぬ忘却という石の蓋で閉じられたのだ、と信じようとした。忘却の力が、これほど人を安穏に導く可能性を秘めていたことに驚く。

今、日々の細々《こまごま》とした時間の中にいて、それを他の人が思う以上に、南実子は幸いなことだと感じていた。

サン・マルコ美術館の木戸を押したあの時、たとえ幻であろうと、二階の回廊のどこかに渡にいて欲しいと願った。けれども、幻を見ることもなく、亡霊も現れはしなかった。

そして、前に進むのだ、という渡の声は現実のものとなり、今、不足のない日々を送っていた。あの時、あの画の前に立ったことは、渡への訣別であった。時宜というものは人が必死で何かを求め、そこに覚悟を加えることによって、たとえ、人を願った結果に導くことがなくとも、平穏な時間を作り出すものなのだという気がした。

忘却が完成されようとしていた。


夫の田所の祖父はかつて小さな店を構え、靴の修理を請け負っていた。彼の父の代になって創業した製靴業は堅実に成長を遂げ、夫に継がれてから急速に伸びを示し、今では百人もの従業員を抱えるほどになった。

南実子は質素な結婚式を望んでいたが、取引先は当然のこと、夫となる人、義父母が拠り所とする面目、世間体、そういったものの為に列席者は膨れ上がり、百二十人となった。


春樹が生まれたのはそれから一年後であった。愛おしさが彼女を満たし、何ものにも代えることのできない母親の、子供に対する気持ちはあらゆるものに優先した。

夫の会社も順調だ。それどころか、南実子が辞めた後新しく雇い入れた若いデザイナーが次々といい商品を生み出していて、夫はしばしば彼女の話をする。子供の話は勿論のこと、その他はと言えばゴルフとお金の話がほとんどであったが、普通の生活をし、日常に滞りはなかった。

春樹が生まれた時、記念に何がいいかと夫に聞かれた南実子は、即座にモンドリアンの樹の絵がいい、と答えた。

南実子はかつて新宿御苑のベンチに寝転んで、大きな樹を何時間見上げようとも飽きることなどなかった。何度見たことだろうか。そして、モンドリアンの絵では、幹から伸びる数え切れない枝の一本一本が生き生きとし、あたかも呼吸しているかのようだ。あの絵には、写実とか美とかいうものを超えた、生そのもののしなやかさがある。

学生時代のことだ。図書館で中村真一郎の言葉を見つけた時、自分の感覚は間違ってはいなかった、と心が震えた。そこには、モンドリアンの絵は、

〝精神の美が情緒の混乱を伴わない官能性を現している。宇宙的快感とつながり、あらゆる個別的なものを抱合しうるという静かな有能感が起こってきて、宇宙と個人の意識の関係は大宇宙（マクロコスム）と小宇宙（ミクロコスム）との共鳴関係となる〟

と、あった。

あの樹の絵は、生まれてくる者に祝福を与え、息吹を感じさせたが、残念なことに夫はモンドリアンを知らなかった。確かにあまり一般的ではない、そこで南実子は、二、三の画家の名前と絵を挙げたが、それらも知らないようであった。すると夫は、

「ほら、あの、あのヴィーナスの絵にしよう」と言った後、「あの裸の女の」とつけ加えた。

彼はどうしてもその絵の名前を思い出せないようだったが、有名なボッティチェリの『プ

リマヴェーラ　春』のことであった。

南実子にとっては、フィレンツェを思い出させる絵ではあったが、この三美神の描かれた絵には少女クロリスがいて、春の風によって一人の女性になる、という壮大な物語が描かれていて、美しいだけではない絵である。

夫がそうした神話を元にした絵であることなどまるで関心がなくとも、南実子は現実の暮らしに感謝をし、日々を過ごした。そして、夫も彼女も、春に生まれた息子を祝いたい、という思いは同じであった。

南実子は自分の幼い頃にそうであったように、子供が生まれたら、沢山の自然の美しさを体験させ、そして画家たちが精魂込めて絵筆を握った絵で部屋を飾ろう、と思っていた。

『春』の他に、いずれモンドリアンを飾ろう、そう考えた。

フィレンツェ、そこでの出会いと別れ、それらの記憶は彼女の中で封印され、忘却の完成へあと一歩のところに来ていた。

二　同窓会

三月のある日、同窓会の通知が届き、華やいだ気分になった。二年毎の同窓会は、春樹が生まれた年を除けば欠かしたことがない。ただ気がかりはその春樹のことである。短い時間でも母親がいないと、いまだにめそめそと泣く。四歳児というのは特に泣くことが多いらしいが、甘やかしすぎてしまったかも知れない。幼児は四、五歳までは傍にいて、抱きしめ、触れてやることが大切というので、南実子もなるべくそのようにしてきた。そうすることによって感情豊かな子に育つ。ただ、そうした指南書がなくとも、ほとんどの母親はそうするに違いない。

春樹ももうすぐ五歳になる。これから接し方を考えなくてはならない。けれども、春樹の寝顔を見ているとと離れられないのは私だわ、と彼女はふっと笑った。もしこの子に何かあったら、自分の命と引き換えに、あらゆるものに懇願するだろう。いえ、それよりも、自分がいなくなってしまったら……。

なぜこんなことを考えてしまうのだろう、要らぬはずの思いが南実子の中を駆け巡る。そして、この子は私の命そのものだ、と呟いた。

中学・高校と女子高で過ごしたので、キャベツを切るという意味のル・クープシューという、小さいが瀟洒なフランス料理店にいるのは全員女性である。こうして皆集まると、普段は決して思い出さない教師のことがするすると出てくる。

カンソウザルはどうしているのだろうか、まだ数学を教えているのか。カマキリはいまだに顔を真っ赤にしながら、何処かで生物の話をしているのだろうか。

それにしても一体誰があのような呼び名をつけたのか、見事にぴったりで、誰も本名を思い出せない。彼らがそう呼ばれたのは、いつも生真面目で、懸命だったからで、生徒の親しみが込められていた。女子校というのは、新任の若い男性教師は滅多に来ない、来たとしても、少しでもニヤついていようものなら、微かな嘲笑を込められて、彼らはすぐさま呼び捨てにされ、やがて、無視される。

あの先生はよかった、と思わせる教師というのは案外少ないものだ。それは大人になって、教えるという技能や、見映えなどではなく、ようやく人間性というものに重要性を見出すことができる年齢になった時、それがあった教師となかった教師を、今になって分別できるようになったからかも知れない。彼らにはそれがあった。

あれから何年も経った今、教師としての矜持が彼らの姿勢をきりりとさせていたのだということが分かる。懸命に生徒に教えている場面のことばかりを思い出す。カンソウザルは皮膚が少々干からびていたが、彼の頭脳と心が干からびていたわけではない。カマキリは顔の作りと体型はそのような見映えだったが、生理を遅らせる薬は若い女性には害があることを必死に説明し、絶対飲んではいけないのだ、と、年頃の娘たちが一斉に見つめる中、恥ずかしさと真剣さに顔を真っ赤にすることを厭《いと》わなかった。

人は年をとるに従って、夢に描いていた平面的な将来よりもでこぼことした現実に直面し、障害物競走の如く、それらを越えようとする者たちを多忙にさせる。必ずしも忙しさと充実感が同等というわけではないが、そのように僅かに錯覚する中で、過去を、懐かしさに伴われながら、記憶として肯定する。ただ、過去を常に引き出しから出しっぱなしにして、記憶の自由自在な手で撫でてばかりいるには彼女たちはまだ若い。皆、現実を生きていた。それはあらゆるものを支配しようとするものであった。

学生結婚をした者の中には、子供がもう大学生になる者もいた。夫や子供たちを送り出し、掃除と洗濯を手早く済ますと、気分を軽やかにし、鏡に向かう。昨日まで薄かったはずの、額の皺が一本、妙に深くなっているのに気づく。あら、と思いながら、何も変わらない一日である。

どこかで何かの変化を期待していながら、容姿だけはいつまでも変わりたくないと思い、この年代なら、まだどうにか間に合う、という焦りの混ざった呪《まじな》いのように自分に言い聞かせる。

そんな一日は裏を返せば、満たされているということに他ならない。世界中で一億五千万人以上の子供が発達を阻害されるほどに飢えていようと、ネパールの二十歳そこそこの母親たちがミルク代を手に入れる為に、毎日山から薪を背負って往復するという重労働によって、腰が曲がり、強い日差しで顔がしわくちゃになろうと、日本という国の、華やかな首都にいる彼女たちは、朝は韓流ドラマに涙し、それが乾くと高価な皺とり美容液のコマーシャルに夢中になり、自分たちとの関係性など見出さない。

もし何かのきっかけでそれらを知ったとしても、行動に出ることも考えなければ、その方法も知らない。彼女たちにはそれなりの生活と世界があって、それが全てでもあった。それでも、この世間で普通に生きていくことのできる誠実さを持ち、それを持続できることを良いことなのだとも思う。そうしたものを持ちたくても持てないことが、この世間には多くあった。

こうした場は人が歳月の経過を確実に知るのに最適だ。あれほど華奢で、人が振り向くほどだった佳子は、ぽつぽつと現れ始めた白髪を染めることもなく、腰の周りにかなりの脂肪をつけているが、そうした容姿に恥じらいを持つこともなく、むしろ誇らしげに見えた。ナイフとフォークを一度も置くことなく、割合と早い速度で料理を食べ、大らかに、少し高めのワインをおかわりする。ふと気がついたかのように、

「ねえ、加代は？　やっぱり忙しくて日本に帰って来られなかったの？」

と、幹事の淑乃に聞いた。

「あのね、……」

と、言ったきり、かなりの間があった。そして、深呼吸をすると、

「亡くなったの。もう少ししたらみんなに話そうと思っていたのだけれど」

皆が一瞬、目を見開き「えっ」と絶句し、口をおさえた。本当？ と、今聞いたばかりで、嘘などないにもかかわらず聞き返した。佳子は最初から最後まで握り締めているつもりだったナイフとフォークを思わず皿の上にガシャンと落とした。

彼女は大分前に、加代からもらった手紙を思い出していた。

〝人生というものが、こうしたものだとは思ってもみなかった。こんなはずではなかった〟

なぜ、あの時、気づこうとしなかったのだろうか、と後悔に顔を伏せた。けれども、平凡な幸せで満たされている者にとってそれは気がつきにくいことであった。

加代は中学・高校と、英語の教師からは一目おかれ、大学を卒業すると同時に通訳になった。仕事でイギリス人の実業家と知り合い、結婚して、ロンドンに渡った。それは彼女の念願であり、皆にとっては夢を叶えた人であった。

けれども、あれほど達者だった英語も、それを生まれながらに使う人々との間には不足が生じることもあった。夫との仲は女性問題を発端として、徐々に悪化してゆく。決して人種

の偏見など表面には出さないものの、アングロサクソンの高い誇りを奥底に秘めた義母との溝は大きくなり、二人の子供は唯一、彼女の生きる糧となった。あの加代の、子供が糧、とは誰が想像したことか。

新しい場所へ行こう、と三人は念願であった湖水地方へ引っ越しをした。それまでに彼女はロンドンに残った夫との関係を改善しようとしたが、二年の苦悩の末、離婚をした。グラスミアでは彼女には平穏な日々が戻ってきたが、ステージがかなり進んだ乳がん、と診断されたのはその僅か六ヵ月後のことであった。

病名を聞いた時、加代はその場ではその言葉の衝撃に耐えた。帰宅し涙を溢れ出るままにしたが、一時間ほどすると不意に笑いがこみ上げてきた。その笑いは楽しくもなく、愉快な色合いはなく、感情をどうにかしようとしたくとも、何も手段がなくなった時、笑うしかなくなった瞬間であった。

何だってこうなってしまったのか、ようやくこの静かな場所に辿り着いたというのに、人生なんて全く油断のできないものだ、と呟いた。自分は個人的な人間であり、それはイギリスでは容易に受け入れられる要素の一つでもあったが、互いの人間性を交わすには夫とは不一致が多すぎた。自分はそうしたことにも気がつかずに馬鹿だ、と急にその馬鹿さ加減に可笑しくなった。

この先、長くはないかも知れない自己の人生に、何かの希望を抱き、そして肯定することなどもうないだろう。一瞬だが、苦々しい、自暴自棄、という文字が彼女の頭をよぎる。その時、崩れゆくのは体より精神の方が先であった。

二人の子供の寝顔を見る、もう一度だけ、顔を上げなくては、とそれを何度繰り返したことだろう。自分にできることは何か、と考え続けた。そして、それは限られた時間の中で、最後の挑戦を始める、という地点に加代を到達させた。崩れかけていた自己というものを再び立ち上がらせることだ、子供にその姿を見せることしかない、と思った。

振り返ってみれば、自分の人生は挑戦の連続であったが、それは生まれもっての性質だったのかも知れない、それならば、最後の挑戦をしなくてはならない、と決意をした。

ある夜、前に一度読んだ本をふと手にした時、その中の一行に彼女の目は釘付けになった。

〝自己否定をした後に、人はあらためて新しい人間になる〟

けれども、自己否定とは一体どうしたものなのか。自分は思い描いた人生から充分に否定されている。肉体がこうした状況で、そんなことが可能だろうか、いや、そうではない、自分のいまだ保たれている真の内部からその声を上げなくてはならない、と思った。

そして、すでに否定の果てというものが、自己の肉体と精神に存在していることに気がついた。健康で順風満帆な時間の中に、人はそれを見出せない。

日本から持ってきたその本には、

〝病こそは、肉体の否定という意味において、その絶好の機会である〞と、書かれていた。

加代は「私は、その機会を今、与えられているのだ」と、思った。

ずっと以前、意気揚々とロンドンに渡り、体も心も潑剌とし、何もかもがうまく行っていた時、その言葉は彼女の中で意味不明のものであり、病こそ？　一体どういう意味だ、と思った。たとえそれを実行しようと考えても、どうしたらいいか分かるわけもなかった。けれども、自分の中の病は今、肉体以上に、今まで保ちそれで良いと思っていた精神の否定に他なりはしない。今こそが、そのチャンスなのか、と思った。

頭で分かることもあれば、肉体をもってでしか分からないこともあった。


加代は、残される子供たちの為に、自分は少しでも新しい人間となり死んで行くのだ、と決意を固めた。できるかどうか分かりはしないが、やるのだ、と思った。

その肉体の否定という、果ての淵から戻ると、二人の子供を精一杯抱きしめ、新しい人間になる為の、肯定という行為の一歩を始めた。それで、自分が新しい人間になったのか、何も誰も証明してはくれない。けれど、それでもいいのだ、自分に残された僅かな時間が新しく感じられる。それこそが、終わりを始めるにふさわしい、と思った。たとえ数ヵ月、数週間であっても、その時間を自分にとって、そして子供たちにとって満たされたものにするのだ、と決意した。

来る日も来る日も、声が出る限り子供たちに絵本を読んで聞かせた。理論的で、リズミカルで、大好きな、時に難しい日本語より意味がすっと分かる英語。そして、母国を離れて、漢字ひとつで情景さえも目に浮かぶような、心底美しいと思う日本語との両方で、読んだ。

自分の持ちうるものを与えてゆく中で、彼女は新たな自分に生まれ変わったような気持ちがわいてきた。受け取るより与えることは、彼女の内部に遥かに充足感を広げていった。

そして、それ以上に強く確信したことは、以前は想像もしなかったことだが、人生がこれほど過酷だということであった。けれど、今、その過酷ささえ、私の糧になりつつある、と本をくれた友人に手紙を書いた。

加代は、過酷は喜びにも転換できるものなのだ、と、頭でなく、体のどこかで思った。そうして、ある日、少し咳こむようになった胸に手をやり大きく息を吸い込むと、一瞬、何かを見出し、摑んだかのように右腕を上げた。

苦しみは跡形もなく消え、穏やかな微笑を浮かべた顔であった。子供たちは学校へ行っていて、たった独りだった。精神を先に立たせようとしたが、体への蝕《むしば》みは考える以上に早かった。

誰一人として彼女の、最期の時を知らない。ここにいる皆は、ただただ可哀想だった、と心の底から思った。それは至極当たり前のことであり、彼女たちなりに一人の友人の死を悼むにはそれしか知らないのだった。

けれど、加代は皆のその哀れみを見事に裏切り、どんどんと長くなる平均寿命より遥かに短かったものの、彼女の生を全うしたのであった。加代にとっては、銀座で特選のランチを食べ、喉から手が出るほど欲しいと思うブランドのバッグを手にいれて、一日が終了しようとする、消費する欲望を満たした人々が感じる充足感と同等だったかも知れない。いや、それ以上のことであった。

加代の、生きて、そして、それを終えるまでの軌跡を伝える者は誰もいない。けれども、彼女は須《すべか》らく彼女自身の生を燃焼した。そして、たとえ加代が全うしたことを知ったとしても、ここにいる皆には彼女の到達した場所が一体どのような場所であったのか、理解することは難しい。一度は成功し、幸せを掴み、そして、悲嘆の中に死を迎えなくてはならなかった、そうした図式を描くことが精一杯だ。

同時に、彼女たちの中に、人の死というものに対する深い悲しみと共に、死ぬことと生きていることへの、免れようのない、当然とも言える比較から生じる、悪気のない、けれども哀しく、微かに別次元のようなものを覚えた。それは至極本能的なものでもあった。

彼女は死に、自分たちはここに生きているという、誰にでも与えられた時間の中での最も大きな対比が、無意識の中に、皆の中にわく。その対比は、親しかった者ほど、深い寂寞《せきばく》を伴っていた。

親しい者の死は、否が応でも自己の生を浮かび上がらせる。やがては自分たちも分け隔てなく与えられるはずの死を、まだずっと先のことだ、と人は確証のない予測を日常の中に持ちこんで生きている。うっかりしている者はそれすらもしない。近しい者の死が、それは違う、と親切にも叫ぼうとも、いまだここにいる皆が頭の中で自分の人生はもう少しあるだろう、と自在に想像するのは当然のことであった。

ナイフとフォークからしばらく手を離していた佳子が、冷静さを取り戻したように話を始めた。

「前に主人の書棚にある本を読んだのだけれど、加代が住んでいた湖水地方の西部の沿岸部にセラフィールドという場所があって、そこには以前のことだけど、プルトニウムの製造施設があって、ＭＯＸ燃料の工場があった。勿論、随分と前のことだし、引っ越して六ヵ月だから直接的な原因ではないと思うけど、そこの周辺地域は、乳がんの発がん率が高い、と書いてあった」

セラフィールド（元はウィンズケール）はイギリスの北西部カンブリア州にある。一九五七年の火災の他、一九七九年には放射性廃液漏れが見つかった。

ただし、ヨウ素、セシウムの気中濃度は、福島の方が著しく高い数値である、という記述がある。

「ＭＯＸって何？」

「簡単に言えば、プルサーマル用のプルトニウム・ウラン混合酸化物のことよ」

（ＭＯＸとは Mixed Oxide の略）

全く簡単ではなかった。皆はさっぱり分からない、そして、典子が勇気を振り絞って聞いた。

「そのプル、プルサーマルって何？」

「もう、新聞くらい読みなさい！」

典子は聞かなければ良かったと思った。

（プルサーマルとは‥

使用済み燃料から再処理によって分離されたプルトニウムをウランと混ぜて混合酸化物に加工し燃料とし、これを現在の原子力発電所の軽水炉で使用すること。因みにプルサーマルは和製英語。

効率的な原子炉を作るには核分裂中性子をそのまま使うのではなく、エネルギーを失わせた熱中性子（thermal-neutron）を用いて核分裂連鎖反応に使った方が良い）

以上、Wikipedia より

そう説明されてもよく分からないまま皆は佳子の話に耳を傾けていたが、それよりもその広範な知識に、彼女がナイフとフォークを持ち続けてただ単に太っているだけではないのだ、ということに何人かは感心した。

あんなに運のいい人はいない、と思っていたのに、いったい人の人生とは、と皆が思った。加代の辛かっただろう日々と病のことを想像した。

少しトーンの低い声の、流暢な英語は二度と聞けない。運命、などという言葉など考えたくはなかったが、そうした言葉が彼女たちの中に浮かぶ。そして、皆、急に悲しい気持ちが高まり、叱られた子供のように黙りこくった。

皆が少し平静になった時に、幹事の淑乃が再び口を開いた。その口調は先ほどより更に重かった。

「加代の元の旦那さんから全てが終わった後、手紙がきた。そこには、二人の子供は自分が面倒をみます。そして、もうひとつは、彼女が亡くなった直接の原因は、Covid-19であり、あっという間でした、とあったの」

何人かが、ええっと言いながら、先ほどと同じように手で口を押さえた。すると友美が、「コビッド19って何？」と、いつものののんびりした声で聞いた。

その途端、薫が、何を言っているの、コロナのことよ、と、少し憤慨した様子で言った。

日本ではコロナという呼称であるが、世界的にはＷＨＯが定めたCovid-19が正式名称である。（COrona VIrus Disease 19の略。19は２０１９の意味）

偶然にもその日の出席者全員、その家族に、コロナに罹患した者はいなかった。ましてや亡くなる人は皆無であった。それなので、皆の驚きは大きかった。

乳がんの原因は多くホルモン（エストロゲン）のバランスの崩れ、年齢、遺伝子の異常、と言われている。そして、一ヵ月で一～二ミリ大きくなり、ステージ４になるにはかなりの時間を要するのが通常とされている。

加代はロンドンでの婚姻中、そして離婚に至るまでに、何年も深く悩み続け、女性ホルモンは彼女の身体に多く影響を及ぼしたに違いない。人の心と身体は結びついているのだ。そして、がん患者は免疫力の低下を否めない。そうした場合、コロナという感染症にかかりやすい、という報告がある。

二つの災いが、加代の体に重なってしまった。

その場は再び、悲しみという時間に満ちた。


もう一人、ここにいない者がいた。今回に限ったことではないが、今日も瑠璃の姿はない。彼女が女性の橋梁デザイナーとして華々しく脚光を浴びていた時、「凄いわ」という言葉と同時に、皆の中に、口には出さない、抑えきれる程度の嫉妬心がわいたことも事実であった。それは、美貌、才能の上に、彼女たちがすでに失ってしまった自由、というものに対してであった。自分たちは、夫や子供というもっと大切なものをすでに持っているはずなのに、それをすんなりと脇におくと、瑠璃のことを何もかも備えているかのように思った。

そうした時、瑠璃の話はあまりしない。ただ、瑠璃にもそうした嫉妬を皆の中に増幅させる原因はあるのだから仕方がない。加代は海外に行ってしまって、嫉妬するには彼女の性格と距離とがそれを阻んだが、瑠璃は近くにいて鼻っ柱の強い女性だ。もしそうしたものがなかったら、同窓生の嫉妬を買うこともなく、素直に彼女の成功を喜んでいただろう。

けれども、あの、アイデア剽窃の一連の事件の真相が明らかになってからは、それぞれの中に僅かな同情心がわいて、嫉妬を抱いていた者の口調も少し変わっていた。自分より遥かに大変なことが起こった時、憐れみは容易に嫉妬をおしのける。人は、自分はあらゆる場所で優位に立っていたいという、思い上がった、呆れるほどつまらない立ち位置を、普段は隠しているものの、本能的に求めがちなものなのだ。

成功者とそうではない者というのは、こうした場には来たがらない。人が笑い飲んでいる間に、成功者は、なぜここが上手くいかないのか、と頭をかきむしるか、すでに次の成功に向けて画策しているために時間の猶予がない。そうでない者にはあり余る時間があるが、成功などを考える意欲に欠け、出席する意欲さえわかない。

瑠璃は、かつては前者に、今は後者にいた。ここにいる者たちは幸いにして世間並みの、ほどほどの成功と平穏の中に生きていた。彼女も大変だったわね、と皆口々に言う。けれども親友の南実子と、皆からカミュと呼ばれる薫だけは、その話には加わらない。今、瑠璃が長い煩悶の後に殻を脱いで変化した彼女のことを、皆は勿論カミュと南実子も知らないのは残念なことであった。第一、人が少しでも良く変わった、などということは得てして伝わりにくいものでもあった。

何も起こらない日常、安穏さに慣れた者は、それを傲慢にも時折不服に思う。その一方で、実を言えばそこにずっと安住してもいたい。なぜかと問われれば、心地よいから、と答える。そうして、色々あったけれど、平穏な人生を終えてゆく心づもりをする。そこにはたとえ、加代の死を今知ったとしても、自己に置き換えてことさらに死を見つめ、どのように死んでゆくかを考える機会はない。

今、自分の中に安定をみる南実子にとって、心が安らかでいてくれることは何よりも重要であった。彼女もまた、死を思う合間はない。春樹は巣立ち、夫と二人で旅行し、どこかでお茶を飲む。いずれ生まれてくるだろう春樹の子供には自分がデザインして、夫の工場で作った靴をプレゼントする。でも、何かが欠けている、そうだ、あの画だ、あの画の前に、皆を、春樹を立たせたい、と思った。

あの画は「受け入れる」ということと共に、人の心に静寂を与え、そして、同時に、見た者の心に何かを生み出させる力がある。けれども、それが自分を含めて、今ここにいる皆に必要なのかは分からなかった。もしかしたら、今は遠い画なのかも知れない、と思った時、ふっと笑みが零れた。

「何を一人で笑っているの？」と、向かいの薫がそれを見逃さずに言った。彼女は高校一年の時にアルベール・カミュを読んで以来、彼に陶酔し、時折、演説をぶつのでカミュと呼ばれている。

少し湿った空気を変えようと思ったのか、

「ねえ、これからもし誰かを好きになったらどうする？　遊びじゃなくて、真剣によ」

と、友美が唐突に口を開いた。その素っ頓狂な発言は、この場の雰囲気を変えるには最適とは言えないものの、大目にみればあっても悪くはないものだった。

「夫と子供がいるのに誰かを好きになるなんて、あり得ない！」

貞淑な妻然とした淑乃が、そんな馬鹿な質問を、とばっさり切る。

「でもイーロン・マスクだったら考える！」その言葉に皆がどっと沸き、誰かが、

「一体どんな趣味をしているのかしら」と言った。

「でも彼の人生は挑戦的で素晴らしいものだわ」と、カミュが真剣に続けた。

人は歳を重ねさえすれば大人になるというわけではない。環境や社会生活が彼の人間性《か》を土台に、大人にしてゆく。友美はまだ青春のままにいるのか、その甘い声の奥で純粋さを死守しているのか、皆には分かりかねた。

半ば冗談めかして明け透けに話す彼女たちに南実子は驚いた。しかも加代の話のすぐ後だ。物事をやたら四角四面に考えがちな彼女は、あらゆるものを真剣に受け取ってしまうきらいがあった。

これから先、誰かを心から好きになることなどあるのだろうか。渡が山から帰ってこないまま一年が過ぎようとした、あの時、結婚の申し込みという形で、手を差し伸べてくれたのは今の夫であった。田所は強引であったが、自分に憐憫の情を抱いたのかも知れない、と思うこともある。たとえ、そうしたもので始まったとしても、私は夫と春樹にできる限りの愛情を注ぎ、平凡に生活してゆく、それが使命であるかの如く思った。それに、もうしばらくすれば春樹の受験を考えなくてはならない。だから、南実子はカミュに向かって、

「私だったら、絶対にできないわ」

と、自分の夫婦関係に対する義務、いやそれ以上に義理のようなものを込めて言った。

無駄ではないかと思われるほど突き詰めて考えてしまう彼女にとって、絶対、という言葉は自己に対して必要であった。突き詰めて考えることは常に危険を孕んでいるものの、そういう人間にとっては、いつもそれしかできない、融通がきかないのだ。

「あら、絶対、なんということはありえないことよ」と、その言葉、いや、その事象そのものに猜疑心を抱くカミュが言う。そろそろカミュの演説が始まりそうだった。

「彼は『シーシュポスの神話』の中でこう言っているわ」

『シーシュポスの神話』は、膝を折り曲げ、思わずしゃがみこんでしまいそうな時、その中の言葉が彼女をいつも引き上げてくれた、カミュの精神の糧でもあった。

「〝どんな偉大な行動、思想もその始まりはささやかなものだ。何かが生まれる時、それはとあるレストランの回転ドアの中でということもある〟と、カミュは言っている。これは恋愛にこそ当てはまる。まあ、これは私の意見だけれど」

「相変わらず！」と、何人かが囃したてる。

ここにいる全員はカミュが好きだ。恋愛というものを正直に賞賛して、皆を掻き立てる。それよりも、どのような時でも、彼女は何かを求めようとしてやまない。皆は、その真っ直ぐさが好きなのだ。彼女の口からどんなきつい言葉が出ようとも、ひどい、と文句を言いながらも、不思議にもそれに傷ついた者はいない。求めて止まぬ人の持つ人徳かも知れない。

子供向けの哲学の本を一冊書くのだ、と公言して憚《はばか》らない情熱と無謀さを失わずに生きている。多分、それはカミュの彼女の体の中を貫き、五重の塔の心柱のごとくに心と頭を貫いているに違いない。

アルベール・カミュは書く。

〝不条理な世界は他の世界以上に、このようなしがない生まれから高貴さを引き出し、身につけてゆく〟と。

「不条理は、その一歩が人を破滅に連れ込もうとする場合もある。でも、新しいものの創造への一歩であるかも知れないわ。最初はなぜ、自分の上にと思う。でも不条理を恨んではいけない。

仮にそうしたことが起こり、そこから高貴さを身につけてゆくということは並大抵のエネルギーでは足りない。毎日、夫と、一筋縄ではいかない子供たちの、そう、私の場合は、頑固な夫の両親の世話まである、そんな時間の中では、とてもではないけれど、不条理がやってきたとしても、真剣に向き合うことなど無理というものだわ。ああ、私の人生そのものが不条理なのかも知れない！」

と、カミュは頭を抱えて笑った。

「ねえ、その不条理とやらは、人を選ぶの？」と淑乃が聞くと、

「それは誰にも分からない」と、カミュはいつもの明確さからはほど遠い答えをした。

けれども、皆は舌平目のムニエルを口に運びながら、自分に不条理などという大仰なこと起こりはしないだろうと思う。勿論、南実子もこんなささやかに生きる私の上に、不条理などというたいそうなものが降りてくるわけはない、と決めつける。第一、自分はすでに渡の

ことでそのようなものを経験し、充分に傷ついた。それは今、記憶の外へと押し出されていたが、一度で充分だと真剣に思った。

不条理とは真にどのようなものかも分からず、南実子は自分の中の危うげな憶測を信じた。世の中には不条理を受けるに足る人間がいる、彼らはそれを受け入れることができるほどに強い人間なのだ。不条理は多分、人を試練し、人間をより人間らしくしてゆくだろう。自分には、それを受け入れる強さはない。それでも、全ての始まりはしがなく、ささやかで、小さなものであること、それだけは分かる気がする。

「そのしがなさを高貴なものにまで引き上げる力は何？」と、淑乃が聞く。

「知であり、賢さであり、それに忍耐も必要だわ。……そして何よりも心というものだわ。もし、恋愛に限っていうなら、心だと思うわ」

と、カミュが応える。

皆が、ナイフとフォークとを皿の上に戻し、心ねえ、と頬杖をつき、はあ、と溜息をついた。

「体の関係を伴う恋愛は自然だし、それはそれでいい。でも、私は心だけの関係がいいわ」

と、カミュが言った。

すると、友美が「私も」と妙に力を込めて言う。そんなことあなたにできるの、と皆が身を乗り出す。

「若い頃は、会う度に体を求められる。恋愛の初期においては当たり前のことだわ。でも、それは時折女性を不安にもさせて、自分はもしかしたら、それだけの関係なのかって。ある時、勇気を出して聞いてみたの。そうしたら、体の欲望だけで、相手を抱くことができると思うか、って言われた。男だって体の衝動の端っこには心があるのだ。好きでもない女にそんなことできると思うか？　って」

皆は、ふーん、とうなずきながら、それはいい恋愛だったのだと思った。

そこで、カミュが言った。

「まあ西洋の考えだけれども、それは、プラトン的エロース、という愛の形だったのよ」

「何、それ？」

「古代ギリシアでは愛には、皆も耳にしたことのある、エロースとアガペーというものがあるわ。エロースは主に男女の愛。アガペーはいわゆる神が人間に注ぐ無限の愛といったところよ」

皆は、また、カミュの演説が始まりそうだ、と思った。

「エロースという根本的な関係から、真の愛に至ろうとする、ということは大事なことでもあるわ」

「大げさよねえ。そんな難しいことで男なんか生きていないわ。それに私たちは日本人なのよ。そんな七面倒《しちめんどう》なこと考えられないわ」

皆が好き勝手に言うので、テーブル全体が急に騒がしくなった。

「やっぱり、心じゃないかしら。どんなに見栄えがよくたって、心がなくっちゃね。私はいわゆる、顔だけのイケメンというのが大嫌い。目鼻立ちが整い、頭の中身が空っぽより、はちゃめちゃな顔で、頭が薄い男性の方を選ぶわ。……多分」

と、淑乃が言った時、半数が頷き、半数が、そうかしら、という顔をした。

経験と生活が彼女たちを大人にしていったこともあるが、皆、そう変わってはいない。

「ところで、カミュ、あなたは？」

「そうね、当然、人柄は重要だと思う。そして、私は知性というものに惹かれるわ」

その言葉に、それはカミュらしい考えだ、と皆は思った。

「ね、じゃ、私たちの関係の愛は何というの？」

「よく聞いてくれました。家族、兄弟、そして私たち友人の愛を友愛、フィリアと言います」

皆、その言葉は初耳だった。

「響きのいい言葉ね、フィリアって。どういうスペルなの？」

カミュが紙のナプキンに、philia、と紙に書いた。

「離れていても、加代と私たちは繋がっていた。でも彼女の死によって、たとえこの場所にいなくても、その結びつきはより一層強くなった気がする。この会を締めるには本当によい言葉だわ」

と、幹事らしい口調で淑乃が言った。それを聞いた皆は一斉に、真剣に頷いた。


デザートのメロンが運ばれてきた。南実子は隣の彩に、

「今日は楽しかったわね。いろんな話が出て」

と言った。彩は南実子の顔をじっと見ると、

「私、もっと別の人生があったのじゃないかと思うの」

と、にこりともせずに言った。

南実子はひどく驚いた。彩は、この中でも最も満たされているはずの中の一人だ。えっ？という言葉の代わりに、南実子は訝《いぶか》しげに彩を見た。裕福な実家、女性らしい美貌、一流商社マンの夫、従順で優秀な二人の子供、何よりもしなやかな肉体、そして、この中では唯一といっていいエレガンスを備えている。今時、エレガンスを保って生きることなど難しい。あなたは、あらゆるものを持っているはずではなかったの？　けれども、彩が別の人生と

言った時、それは冗談でもなく、気まぐれに言ったものではなかった。それは単に目の前にあるものを貪欲に摑もうとする、熱のこもった欲望とも少し違っていた。あったはずの過去の時間、失ってしまったかも知れないものへの半ば諦め、そういったものと同時に、いまだ来ぬ摑み所のない時間にどうやって向かっていったらよいのか分からずにいる、そんな風にも感じられた。

満たされてなんかいないわ、彩は南実子の心の中の言葉に応えるかのように言った。満たされることは欲望や渇望が宥《なだ》められはするものの、その上にずっと胡坐をかくのであれば、それは停滞に違いない。

彩が満たされ、安定していたと人から思われていた時間の中に、実のところ奥底では安住していなかったことに、そしていまだ現実の生活の安定という時間に留まってはいないことに、南実子はこの先の彩の時間に期待感を抱き、ふと魅力さえも覚えた。

夫がどうだ、子供がどうだ、舅姑がどうだ、お金がどうだ、と事実を言っているようで、人は出来事を修飾もする。それどころか、自分の身や評判を保つ為に、言葉が口端に上がってくるまでに、大慌てで、かなりの編集もする。

人というのは容易に真実を口にしないものだ、真実に近ければ近いほど、それを口にできない。そして、何かを所有している、ということが決して人を満たすものでもなかった。

南実子は彩の一言は彼女の心の真実に迫っていたような気がした。

カミュは、この喧騒の中で再び加代のことを思った。彼女はその人生が終わる前に、自己否定というものをしただろうか、と沈黙に覆われてしまった見えぬ彼女の過去を眺めようとした。なぜなら、それは彼女自身が今、どうにかして一度それをしたい、と切望しているからでもあった。

加代が最後に読んだその本は、鈴木大拙の『日本的霊性』という、カミュが心の底から感動し、日本橋の丸善で新たに買って彼女に渡したものであった。

加代からの手紙を受け取った時、カミュは、病が原因とも知らず、離婚の苦難を彼女なら乗り越えられると思っていた。けれど、それは命に関わる重大なものであった。もし自分が近くにいたら、彼女の手をとって肯定の場所へ行く手助けができただろうに、と悔やむ。

けれども、カミュの想像を裏切って、加代は自己否定から肯定へと前進をして、旅立った。それをしたのだ、たった一人でしたのだ。

おおよその人々は自己否定ということがどれほど新しい自己を創造する始点であることを知らないばかりか、そうした行為を想像すらしない。いや、それを想像することを知らない。けれども、自らの命の行く末を間近にはっきりと感じることができることは、多分生きている時間の中で恐ろしいほど尊い瞬間の連続に違いない。

そしてカミュが思ったのは、そうした、誰にでも訪れる可能性のある時間をどうやって創り出すかに人は専心しなくてはならないのに、ということであった。

皆がメロンを食べ終わった頃、カミュは加代への思いから離れて、少し戯《おど》けて言った。

「皆さん、まあ、いずれにしても、恋愛というものは前頭葉の腹側被蓋野《ふくそくひがいや》でするものです。ここを鍛えていないといい恋愛はできません」

「そんなわけのわからない場所、どうやって鍛えろっていうのよ」

「ここは心と密接に結びついているので、まずは心を鍛える、ということでしょうね」

と、広いおでこをぴしゃぴしゃと手でたたいた。彼女は人の情というものとＩＱとは割合に比例しているのではないか、と勝手な解釈をしている。

皆は、「何、そのフクソクヒガイヤって」と、ぶつぶつと口々に言って、まるでカミュの呪文にかかり従順な子供になったように、自分のおでこに触った。

「もし万が一、理不尽な恋愛が私の上に降りてきたら、私は今までの自分に決別し、その為に生きるわ」

カミュは、まるでそれを待っているかのように、ナイフを胸に突き刺す真似をした。そんなことをしても、待ち構えている者の上にはなかなかやっては来ないものよ、と何人かが笑いながら言う。

「でも、それは真実の愛というものに至るものなの？」と、誰かが聞いた。

「真実の愛にしていいのか悪いのか、その時の自己の完成度というものが、そして残された時間が、その判断に反映されるのだと思うわ、きっと」

と、皆の笑いにも、カミュは表情一つ変えることなく真剣に答えた。

そして、彼女が今日はあまり食事に手をつけてないことに誰も、南実子さえも気がつきはしなかった。

三　初めての視線

一ヵ月ほど前からか、少し動くだけで息がきれ、涸れたような咳が出る。南実子は毎日、今朝は昨日よりはいいような気がするという、楽観的で、けれども危険をはらむ儚《はかな》い期待を準備して鏡を覗きこむが、顔色はちっともよくならない。細々とした心配事や春樹の育児のせいなのか、食欲も、なぜ、というほどに落ちた。

冴えない顔色を心配した夫は、一度病院に行ったらいい、自分がついていってやってもよい、とも言う。体は自分一人だけのものではないと考えて、南実子はようやく重い腰を上げた。

ところが、その日の朝になって、昨日まで一緒に行く予定であった夫に朝から急な来客があり、南実子につきそうのは無理なこととなった。夫には体がいくつあっても足りないことは分かっているので、南実子はむしろほっとした。

こうして大きな病院に来るのは春樹の出産以来のことであった。ここに来るまでは胸騒ぎがするほどの不安があったが、玄関を入ると一時的にであっても、大勢の人々と病院の喧騒がそうしたものを押しのける。ただ、何年か前に来た時よりも、年配の人が増え、車椅子の人が多くなった気がした。

左の胸の違和感は同窓会以来で、この症状にどのような診断が下されるのか、そして、想像する以上にもし重い病であったら春樹をどうしたらいいのか、などという南実子のいつもの先走った心配が彼女の足取りを重くしていた。

受付を済まし、広い廊下を表示に従って左に折れ、視線をその先の階段に遣った時であった。南実子は「あっ」と小さく叫び、その場に凍りついた。そして、右手を口にあてたまま立ち止まった。

渡が生きている、そして、向こうからやって来る。そんなわけはあるはずもないのに、渡は生きていたのか、と驚愕した。

具合の悪さは南実子の視覚からも明確さを奪っていて、階段を降りてくる一人の白衣の男性がそう見えただけであった。

南実子の行為は本人以上に、相手を惑わせた。彼は一瞬、視線を南実子に落としたものの、すぐにそれを冷静に修正しようとした。けれども、その視線は自分に向けられた驚きと、相手の、侵され難い美しさと、そして、どこか懐かしいものを覚えた結果であった。その後に微かにわいたのは、彼の中に、一瞬であったが、何かを崇めるような感情であった。

南実子は、この錯覚に激しい動悸を覚えた。そして、縮まってゆく距離が、その男性は別人であることを証明すると、彼女の頬には急激に恥ずかしさが上がった。そして、慌てて下を向いた。彼女のそうした変化の様子のせいか、その男性の視線は少しの間、ごく自然に南実子に向けられた。

そして、同時だっただろうか、少し遅れてか、南実子も顔を上げた。二人はその時、互いを目の中にとらえた。その視線は初めて会った者同士のものには違いなかったが、見ず知らずの者としての、ほとんど関心を抱かぬものとは違っていた。それは心動かす初めての動物を見つけ、目が離せないものにも似ていた。

二人の距離がすれ違うほどに近づくにつれ、互いがそれぞれに持っていたはずの、過去の全ての人間関係が失せてゆこうとした。この場所には、自分たちの他には誰一人いない、という錯覚がもたらすものが、にわかに二人を支配しようとした。その瞬間、互いは、この世界に二人だけが存在しているように思った。

すれ違おうとする時、その男性の視線は南実子からそらされることがなく、南実子も同様であった。その場所に二人の他に誰もいなかったことは、偶然に他ならない。けれども、もしそこに何人かが往来しようとも、二人は多分、互いをその空間に見出したであろう。

その瞬間まで、どのような小さな接点さえも持ち得なかった二人は、この時、生まれてから長い時間の末、初めて互いの存在を知った。

廊下の待合の椅子に石のようにじっとし、二時間ほどが過ぎ、名前が呼ばれドアを開けた時、南実子は再び驚いた。そこにいたのは先ほどの男性であった。けれども、彼は診察室の外ですれ違った者のことなど覚えていない様子で彼女に向き合った。医師は、短い言葉で「どうしましたか?」と、聞いた。

医師の声は推測した年齢よりも落ち着いていて、どっしりとしていた。けれど、それは聞きようによっては少しばかり冷たいとも思える響きをも含んでいた。それでいて、濁りのないどこか清流に似た彼の音は、人の耳に届いた時、安堵も与えた。それが粗雑な思考と、造作の悪い喉からは出ないものであることは確かだった。

南実子は、その声を何処かで聞いたことがある気がしたが、緊張と不安、そして体調の悪いことが邪魔して、思い出すことができなかった。第一、そんなことを思い出すのは後にしなくてはならなかった。

二時間前、彼の姿に立ち往生した南実子の視覚は、今、相手に向かう場所を聴覚に譲っていた。

医師は南実子の症状を聞き、様子を一通り診た後、検査をしましょうと言い、手早く電子カルテに入力を終えると、血液検査、X線と心電図をとってきて下さい、と、今から自分の患者になるであろう相手に伝えた。検査では至急として回されたので結果は滞りなく医師に伝えられた。再び診察室に入ると、

「もう少し詳しく調べることにしましょう。この日はどうですか？」

とだけ彼は南実子に告げた。

すぐに結果が出るほど簡単ではなかったのだ、と南実子は漠然と思った。もう少し詳しく、という言葉に南実子は少したじろいだが、どうしたわけか「はい」としか答えられず、意気地がないことに、どこがどう悪いのかを聞くこともなく部屋を出た。それは、彼がそれ以上話すこともなく会話が終わってしまったので、聞きそびれてしまった、ということもあった。

病院を後にする時、どのような病であるかも分からず、ただ、困ったわ、どうしよう、と

幾度となく思った。夫は来週から出張だ、余計な心配をかけたくない。それよりも春樹をどうしたらいいか、舅と姑の所というわけにもいかない。困った、困った、と自分の体のことより、それらを心配して何度も呟く。

けれども、その困惑と焦燥の中にも安堵を見出したことを、南実子は不思議に思った。こんな時に妙なこととしか言いようがない。たとえ病名がまだはっきりせずとも、再検査の結果次第では相応の治療を受ければいいのだ、という一歩を踏み出したからなのか。それとも、不謹慎なことに、僅かな間、家事や、舅姑からの頻繁な電話から解放されることが安らぎをもたらしたのか。

あの診察室にいたのが彼であったからだろうか。あの医師がたとえ言葉が多くなくても、初めての患者を不安に陥らせはしなかったとしたら、それは特別な術にも思えた。

廊下ですれ違った後、南実子はあんな目で見られたのは初めてだ、と思い返した。けれども、少しの冷静さがあれば、医師が、不安気に歩く一人の女性を前にして、ここに来る一人の患者のこの先の時間を予期していたものだったに過ぎない、という判断ができただろう。医師と患者という関係を、単に彼が早々と見出していただけということであり、この廊下を一人で不安な様子で歩くのは、病があって診察にきたのだ、という医師としてのありきたりの視線であったのかも知れない。ただそれだけのことだった、と考えれば済むことだ。

けれども、視覚の錯覚から導かれたものは、人を少しばかり誤った方向に連れてゆくことがあった。あの時の南実子は、あの視線が、誰からも受けたことのないもののような気がした。今までに、両親や恋人や夫から存分に受けてきたはずの、温かな情のこもった視線。過去にどれだけのそうしたものがあったろうか。

だが、彼のそれは今までのそうしたものをなかったもののようにした。それは哲学者が「sympathy」と名づけたものであり、他者との間でもっと尊ばれるべきものであるのに人はこれを疎《おろそ》かにし、気づこうとはしない。そして、気づかずにいた方が、身の為だということがあろうとも、それは体を駆け巡ってしまう。

南実子は自分に確かな病名が下されるより前に、病の重さを、急ぎの検査、ということで充分に予感したが、どのような病であれ、あの、どこかで聞いたことのある声をした医師にこの先の時間を預けることができる気がした。

そして、彼の「私が主治医になります」と言った言葉と声は、心細くなってゆくばかりだった南実子の胸に力強く響いた。

晴朗が地方の病院からここへ移ってきたのは、半年ほど前のことであった。来る日も来る日も、大勢の患者が待ち構えている。時折、ふっと息がもれることもあるが、一視同仁の下に、全ての患者に向かう。多寡ではないが、分かりやすい言葉を用いた慎重な診察は勿論、彼の気質、経験、そして能力によるものではあるが、それ以上に、ひとつの重大で苦難であった経験から会得した彼の信条によるものであった。それ故、患者が真剣である以上に、いつの時も真剣だ。

南実子の今後の治療については南実子の夫が出張から戻ってから決められることとなったが、血液検査の結果が著しく悪く、直ちに入院ということになった。

慌しく入院をしてから南実子は晴朗と、当然ながら顔を合わせることは常となった。南実子は幾分、息苦しさと胸の痛みを覚える時、我慢をしてしまう。そうしないで下さい、と言われてから、晴朗が部屋に入ってくる時には体調を正直に伝えることにした。

晴朗は部屋に入ると、南実子のベッドの脇の小椅子に腰を下ろす。ここでは医師は回診の際、僅かな時間こうして患者の目線に合わせて椅子に腰を下ろす。立ったまま五分話すよりも腰をかけて話す方が、医師が自分のところに長く居てくれたと患者は感じるのだという。けれども、若いのに少しばかり威張りくさったかに見える山形という医師は座ろうとはしない。世の中にはそうしたことは多いが、山形の場合は座るには腹が邪魔をしていた。

「今朝はほんの少し、痛みがあるのですが」と、南実子が訴える。その他の症状を確認し、手元の数日の数値を見てから晴朗は答える。

「大丈夫ですよ。でも、苦しいようでしたら痛みを抑える薬もあります。どうしますか？」

「いえ、薬まではいいです」

「我慢はしないで下さい。痛みというのは、それだけにとどまりません。他にも影響しますから」

「それほどではありません」

南実子は自分が宥《なだ》められる子供のように感じた。大丈夫です、晴朗はこの言葉を何度も繰り返す。言葉が安易に繰り返される時、しばしばその言葉の本来の力は擦り減る。けれど晴朗の言葉は繰り返される度に生き物のように力を増してゆく。それは晴朗の口から出されるからだろうか、何も先が見えぬ闇の中で、この言葉だけが頼りであった。

「大丈夫」という言葉は、まるでプラセボ効果のように、薬以上の効果をもたらすことがあった。

精神と肉体とは切っても切れぬ間柄にある。晴朗の言葉が発せられる度に、軸がふらついてしまいそうな体はそれを立て直し、新たな輪郭を与えられてゆく。最初は冷たく聞こえていた声は冷静さを失っていないということでもあった。時に情が込められた、いや、こちらが慣れた為にそう響く彼の声が、南実子の耳にとらえられる途端、安らぎが満ちる。そうした全ては、相手にしてみれば日常のただの一点であろうというのに、もう一方はそれが全てだと思い込む。錯覚、そして勘違いは真実が露になるまで、小さな自分だけの世界を生み出す。

ただ、晴朗は未来というものをいまだ疑うことなく、信じることのできる輝きに充ちた目をしていた。闇のない、いや、闇を乗り越えたかも知れない目をしていた。それは頂点に立とうと目論む者にありがちなあざとさや危うさが入り混じった、嫌な予測のただ一点にさえも侵されてはいない目であった。

南実子は、その輝きをあなたの、いるはずのもっと大切な人だけに向けていてくれれば、と思う。そうしなければその眩さの矢に射られてしまう者もいる、それは無実で惜しみがなく、その罪のないものに人は時折乱される。

南実子は自分がそれによって、今までとは違う人間になっていってしまいそうなことを懸念した。安定した家庭を守る為に、もう変わることなど要らない。南実子は変わらぬように、変わらぬようにと自分を引き止める。

けれども困ったことに、人は患者という、それも深刻な状況にある時、うっかりと医師に心の底一歩手前まで露にしてしまいそうなことがある。なぜなら、患者の痛みを冷静に理解できるのは唯一医師であるからだ。そしてそれは患者という、痛みを背負わざるを得なくなった者が陥る状況でもあり、何かに救いを求めようとする無意識の行為であった。

南実子の耳は晴朗の声を捉えると、その振動は光より速いかと思われるほどに、彼女の心を震わす。何日も会っていない夫、その一方で増えてゆく晴朗との会話。突然やってきた、けれど、自然にも思えるこの日常となりつつある時間が、壊されるはずはないと思っていた過去と、あるべき現実を遠ざけてゆく。

日を重ねる毎に、晴朗との飾り気もない会話が、彼のふとした温かみのある言葉が、過去の積み重ねられた時間の節目の堰《せき》を軽々と破ってゆく。南実子はその流れに沿って時折、うっかりと身をまかせそうになる。そして、夜明けと共に、大急ぎで堰を修復する。

自分は何と危うい場所に立ってしまったのか。戻るのなら、今しかない、と決意して目を閉じる。そして、夫の姿を慌てて引き戻す。変わってはならない。今までいた場所に戻るのだ、変わることなど許されない、と必死で踏ん張る。

正しくはない、と分かっているなら、それを止めるのが人ではないかと自分を戒める。私は良心というものを確かに持っているはずだ、わけが分からなくなってゆくものなどにひきずられはしまい、と自分に言い聞かせる。けれども、その日の終わりには堅固だと思っていたものが薄れていって、別の心持ちが波のように押し寄せるのであった。

ある夜のこと、うとうととし始めた時、南実子ははっとして起き上がった。彼の声の響きが、渡に似ていることにようやく気がついた。遥か遠くにいってしまったはずの、始まろうとして終わったはずなのに、何度も、何日も、晴朗との時間が繰り返される中で蘇ってきたのだろうか。そして、晴朗の持つ目の輝きは渡が持っていたそれそのものであった。

なぜ、すれ違った時にもあったはずのそれに気がつかなかったのだろう。渡を思い出そうとしても思い出せないほどに、晴朗のものが強いものであったからかも知れない。あの時の彼の視線は、全ての過去の時間を消し去るほどのものであったのだ。

そして、今はすでに、南実子の中では、渡に似ているというものではなく、それは渡を越えるかのようにして唯一、晴朗のものとなった。似ている、ということはすでに言いわけになろうとしていた。

晴朗の視線から洩れる、侵しがたい精神性の強さとその美しさ、彼女の視線はそれを捉《とら》えてしまった。

南実子の日毎の視線の光は晴朗に向けられてゆき、少しずつ夫はその影となってゆく。喉の辺りが酷く重くなって慌てて首を横に振ると、それを振り払うように彼女は嗚呼、と声を漏らした。

三　初めての視線

五十を過ぎたばかりで亡くなった母親の最期の姿を晴朗は今でもはっきりと覚えている。細々《こまごま》とした記憶の、これまた小さな端切れにいたるまで何一つ薄れることはないが、多忙という砂でそれを埋めようとする。けれども、ふとした瞬間に静謐を保っていたはずのものが、今までの反動のように鮮やかに浮かんでくる。それが、南実子に会ってからしばしば思い出すようになってしまった。

母は美しい人だった。目鼻立ちが整っていたのは確かではあるが、そういったことよりも、何事にもひたすらに真摯に向かうという、いわば内面からくるものが彼女を形づくっていた気がする。そして何よりも、そこから生まれ出る純粋さが彼女をより美しくしていた。

家に戻った時の静かで安らかな顔を見た時、彼はこの世で一番美しく、消えゆく存在に触れた気がした。あの顔は今でも彼の胸を締めつける。

あの時の自分にもう少し経験と知識があったら、という思いが今も晴朗の頭から離れない。それは二年前、研修を終えたばかりの時であった。手術室に入って、まだ何もできないことに焦燥感を覚えながらも、優秀な指導医でもある執刀医のお蔭で手術は成功した。次の段階として抗がん剤の投与が検討されたが、そこで意見が分かれた。強いが、めざましい効果があると目される薬を使おうとする医師と、まずは体力を温存しようとする医師との対立があった。強い薬は体力を奪い、途中で止めると効果がなかった。父も自分も母を心の底から愛していたが、ここでも意見は食い違った。

投薬からわずかの後《のち》、母は家族に一言も残さずに息をひきとった。自分という一人の人間をこの世界に生み出してくれたこと、有り難う、という感謝の言葉、いつか言おうと思っていた数え切れないほどの言葉、それを伝えることは、もう永遠にできなくなった。

あの時、母を死に至らしめたのは自分なのだ、と晴朗は思うことがあった。母は、研修を終えて医師になったばかりの晴朗が自分を担当することを心から喜んだ。そして、手術後自宅療養をしていて、病院になど戻りたくはないと言う母を無理やりに連れて行った。母は苦しさに耐えようとし、それを我慢しながらも晴朗の指示に従った。

ある日彼女は、「薬はもう要らない」と、か細い声で言った。けれども、父と自分は時折呻き声を上げる姿を見ていることができなかった。そして、父は母の意志を確かめることもなく、強い薬の使用に同意した。

晴朗はこの結果に自分が裁きを受けたいと思ったが裁かれるはずもない。馬鹿げたことだが、自分の身の上に同じような痛みを、と思ったことがある。そうすれば母の経験した痛みを理解することができるだろう。母の言葉を理解できるだろう、と思った。けれども、そうしたものが彼の上にやってくるわけもなかった。すでに彼の精神は充分にその苦痛の真っ只中にあった。たとえ、肉体的に大きな苦痛がやってきたとしても、彼の深くえぐられてしまった傷の痛みは麻痺したままであったかも知れなかった。

あの日から今日まで、自身の感情、生来の温かな感情を封印し、人が変わったようになった。それまで晴朗には、どちらかと言えば鷹揚さが前面に立ち、気質と若さゆえの情の脆《もろ》さというものがあったが、彼は自分にあったはずの温かで大切な過去を封印した。

それでも晴朗はあの場面に時折、雁字搦めになる。「もう一度家に帰りたい」と言った母の気持ちをなぜ叶えてやることができなかったのか。慣れ親しんだ台所をもう一度見たかったであろう。庭のピンク色のつる薔薇の蕾に触れたかったであろう。それを思った時、彼の胸は急速に塞がれた。庭には主の行方を知らずに、イングリッシュ・ローズのブラッシュ・ノアゼットやセミダブル咲きの蘂《しべ》が見事に美しいシュネーケニギンらが今を盛りに咲き誇っていた。

慌しく始まる一連の儀式は、彼らに疎遠であった者たちを一時的に近づけ、そして親しかった者同士の心を、愛するはずの者同士を、時として遠ざけたりもする。

死者が生者《せいじゃ》の間に生きているが如く割って入る。それは不滅の霊魂を信じた古代エジプトの人々と、死者との関係と何ら変わることはなかった。

肉親でもなく、さほど親しくもなかった疎遠な者たちは儀式に沿って、これより先はお目にかかることもない、という心づもりで、できる限りの礼節を捧げ、その死を平易に受容することができる。けれども、生活が、時間そのものが、何よりも気持ちが結ばれていた者たちは儀式が一つ一つ畳まれてゆく毎に、儀式のお陰でその場では辛うじて保っていた悲しみを、各々の胸の中に広げてゆく。

それは時に、小さな、今にも破れそうな胸に収まらぬほど大きくなる。一分の途切れもなく満たされていたはずの時間は止まり、肉体は一時的に、そして、精神は長く空っぽになる。今、自分が呼吸している時間が現実なのか、果たして幻であるのか、分からぬようにもなる。

死は存在する者と、存在しない者との区別を著しく明確にする。晴朗は、今この場所で、自分がこの世界に一人存在しなくてはならないことを初めて感じていた。それは底知れぬ孤独に他ならなかった。

あれから二年が経ったが、母のことがまるで昨日のことのように思い出されるのであった。自分はこの先、心の底から笑うことはないだろう、母親があのような形で亡くなったことの意味を探ろうとし、悔い続けた。そして、晴朗の若さはその方法しか知らなかった。

医者になって人の命を救おうとした人間が、自分の母親を救えなかったという思いは、彼を間断なく苦しめる。晴朗は、彼女の限られた生が一体どういうものであったのか、そして、彼女の最期の時というものを長いこと問い続けることが、医療技術を向上させるための不断の努力という重大なことと同様に彼の習性となった。

けれども、母がどのような時間を、どのような気持ちで過ごしていたかなど答えは出ない。知らずにいたこと、そして、もう二度と知ることがないことを思うと再び胸が塞がれる。

どれほどの苦痛の中にいようとも、母は死にたいなどということは一度も口にはしなかった。それどころか、笑顔を絶やさずにいた。それでも、彼女の意思に反した、肉体の死への衝動というものが、彼女の中に、ひたひたと押し寄せてもいたのであった。

それは決して願望でもなく、統制が不可能となった肉体の行先が死という地点に向かって定まりつつあるということであったのであろう。その時、彼女の中で全てが朦朧とし、何かが押し寄せていたことなど晴朗は知りようもなかった。

そして、それはただ肉体に課せられた時間の移ろい、というものに他ならなかった。果たしてあの苦しみの中で命を全うしたのだろうか、と晴朗は思う。自分が生きた五十数年を僅かでも思い起こすことができただろうか、と考える。そして、出てくる答えはいつも、否、というものであった。

自ら導く答えにもかかわらず、その答えは彼の精神を時折混沌とさせた。できるのはただがむしゃらに働くことであり、それは精神の混沌を僅かながら整えた。そうしなければ、自分という一個の人間は悲嘆に支配されてしまいそうだった。しかし、体力の消耗で心も乾ききった。

苦しみの記憶は晴朗の中に楔《くさび》のように打ち込まれ、あの時から長いと感じた日々を息苦しくも一人で忍耐強く重ねた。けれども、一度無をつくり出した心は、そのままではいなかった。そこから新しいものを生み出そうとする希望を見出した。今、行わなくてはならない、と思うのは、患者とできる限りの会話を交わし、意思を尊重する、ということであった。

そして、医師として患者の回復に尽力すると同時に、その先に来る、避けられぬ現実と時間とを大切にしようと思った。最期の呼吸を終える時までに、一瞬でもいい、その猶予が全ての者にあり、生きてきたことに思いを馳せることができれば、という一人の人間としての思いであった。

もしも、患者が最期に自らの願いを表せる状態にあるのなら、耳を傾けて、その手助けをしよう、という考えに至った。

人は、自分は自由だと叫ぼうとも、肉体を、精神を、抑圧されて生きている。最期の瞬間たとえ数秒であろうとも、辛かったものから解かれる、という微かな意識をすることができ、そして万が一にも、自己の人生を、ああ良かった、とたとえ一瞬でも意識することができるのなら、それは、どれほどに尊いことだろうか。恐らくは、そうした奇跡とも言えるかも知れない思いは晴朗が過去から得た医師としての、いや、それ以前に彼の人としての、今の信条ともなっていた。

南実子の夫、田所が出張から帰ってきてから、晴朗とあと二人の医師を加えた病状の説明と治療についての話し合いがもたれた。田所はその言葉の衝撃に耐えた。今時、本人に知らせないことはほとんどないが、彼はそれを望んだ。二人の医師は田所に新しい効果が高いと思われる強い薬の使用を勧めた。

田所は説明を聞いた後に、そのいまだ高価な新薬を使ってもらいたいと言い、それは二人の医師の意見と一緒であった。けれども、晴朗の意見は違っていた。その強い薬を投薬する前に先ずは患者の体力を優先すべきだと主張した。彼と三人が対立する構図となった。

田所は妻への愛情をくどくどと述べながら、金銭的な配慮の必要はない、と表現し、金満家らしい言葉を付け加えた。これは病院側にとって、そして製薬会社にとっても願ってもないのは勿論のことであったが、晴朗は母の時よりもずっと成長しており、そう簡単には引き下がりはしない。患者の体力次第では百㌫の保証が難しい点は何処かで否めない。

　晴朗は以前、自分の考えを表明することができずに、多数の側に立ったことがある。その時、ある一人の中堅の医師が敢然と立ち上がり、患者の体力を優先しそれが得られた時に投薬するべきだ、と主張した。けれども意見が一致せず、絶対に反対だという意見を貫いていたその医師はしばらくしてから病院を去っていった。

　そして、投薬された患者は予想だにしない速さで亡くなった。そのことを長い間忘れることはできずに晴朗自身も悩んだが、ようやくそこから抜け出し、本来の彼に戻ろうとしていた。

　そうした時、南実子が自分の担当となった。そして、その過去の出来事が時折よぎる時、二度とそうあってはならない、という自分の意思を確認する目で南実子を見た。

　晴朗と、夫を含む三者の対立が南実子の耳に入った時、彼女は、晴朗の立場をひどく心配した。ある日、晴朗がいつものように部屋に入ってきた時「私に使って下さい」という言葉が南実子の口をついて出た。彼女の顔を見ていた晴朗は、その短い言葉が終わるか終わらないかの内に、

「あなたの主治医は私です」

と、全く別人のような強い口調で言った。

南実子は息をのんでその言葉を聞いた。晴朗は、その後の言葉を何も続けることなく、背中には少年のような真正直な怒りを残し部屋を出て行った。彼女は自分が親鳥に突然去られた雛のようであった。まるで、自分の父親に、酷《ひど》く、けれども愛情ゆえに叱責されたかのような気がした。

そして、強い清流にのみこまれてしまいそうだった。

部屋を出て、少し乱暴な歩調で急ぎ足を続けた晴朗は、自分は医師だ、患者を守ろうとすることを患者に向かって言うのは当然なのだ、と自分に言いわけをしながら廊下を歩いた。けれども、もう少し丁寧に説明すべきだった、と思った。

理想的な死とは本来、木の葉が落ちてゆくようなアポトーシス（プログラムされた細胞死）だ。だが、現代ではそうはいかない。ましてや病院という場所は、治療するというその役割ゆえに、それとはかけ離れることもある。だからこそ人間本来の最期の行き先が非人間的なものにならないように努めるのも自分の仕事であり使命であるとさえも晴朗は考えている。それが他の医師との軋轢を生むかも知れないが、母親の死を重大なる教訓として、自分でそう決めていた。

別棟に向かう途中、上がっていた肩の力を徐々に抜きながら、窓の外の風景にちらと目をやった。母の姿が浮かんでくる。母は自分に何か言いたかっただろう、そして、自分も母に言いたかったことが山ほどあった。

「あなたの時間は私が守ります」という言葉を、南実子に対して口にすればよかったのか。けれども、できるかできないかも分からないのに、それは無責任な気がした。自分が八十歳を越えた老人であったなら、手練手管の、年齢から醸《かも》し出される気の利いたことを言えただろう。けれども、音にはしなかったその言葉は間違いなく彼の真実でもあった。

晴朗の、怒りを含んだ真剣さは、あれ以来南実子の脳裏から離れなくなってしまった。誰かに惹かれ、思うということを、人は繰り返す。その度に、こんな気持ちになるのは初めてなのだ、という気がする。いつも真剣だったはずだが、今度は今までよりも一層真剣なのだ、などと思う。慎重になり、時に臆病になる。けれども、自分が持っている以上の、想像を超えた相手の真剣さは、そんな臆病な自分を消し去り、真剣さを研ぎ澄ませた結果、別のものを作り上げてしまう。

南実子はふと晴朗の少年の頃を想像し、その微かな名残のようなものを彼の怒りの中に見出した。そんな時、まるで生まれて初めて人を思う者の如く、人はなす術をもたないのであった。

真剣になればなるほど、あらゆるものが人の人生に残された時間と相克し、未知なるものと化してゆく。小さな出来事が、時間の、夥《おびただ》しいほどの場面に織り込まれ、何の変哲もない布ができ上がるはずであったが、思いもよらぬ糸が織り込まれようとする。南実子は自分の心の方向に怖れを抱いて、シーツの中で震えた。

一体いつこうなってしまったのか。今までの時間の場面に分け入り原因を探ろうとする。なぜあの時、いつものように目を伏せて歩きはしなかったのか、そうすれば私は彼を見なかった。でもあの初めての慣れない場所を歩くのに目など伏せては歩けない。なぜこの病院にきたのかしら、夫が勧めたから。そうだ、夫のせいだ、彼が原因を作ったのだから私には何の瑕疵などない。

陥ってしまったこの状況から逃れる為に、あらゆる理由をこじつけようとした。そうすれば、そうだったのだ、と自分に手を打たせ、この状況から解放してくれるかも知れない。夫と歩いていたら、自分は晴朗を見ることなどしなかった。もし二人であったら、晴朗の視線も、最初から夫と妻という一対に対する視線であったか、夫と妻の二人に分割されて緩められていたに違いない。

けれど、原因やら言いわけをいくらひっぱり出してこようと、何も役に立ちはしなかった。晴朗が先に私を見たのだ、とこじつけを見つけ出すと、今度は晴朗に原因を押しつけた。そして、やはりそれは違う、あれは同時だった、二人は互いを見たのだ、と思い直した。二人はあの時、初めて互いの存在を知った。それだけが、ただ一つの揺るぎのないことに思えた。

理性の鎧をたとえ何枚か身につけようとも、すり抜けてしまうもののように、言葉を交わす前に、始まってしまうものがある。その時、言葉は最初からなかったもののように、全霊の背後へと追いやられる。偶然という、見えぬ処で丹念に計算しつくされたにも似た時の重なりは、あらかじめ決められていたシナリオのように、人の心づもりとは別の何かを作り上げてゆこうとする。

六年前に社長となった夫は、現在では販路を海外にまで拡大している。夫の努力と寸暇を惜しまぬ積み重ねとによって、自分は春樹と共に何不自由のない暮らしをさせてもらっている。世間からすれば確かに豊かであるかもしれない。けれど、南実子はそうした生活を当然だとか、もっと贅沢にと望むことはない。金や物が人をあるところまでは裕福にしてくれることを弁《わきま》えて、それに感謝し、日々の生活を楽しんでいた。

それは、渡との、生死の分からぬままの別れを経験したことが影響していた。それゆえに、生きて、こうして普通に生活していることの有難さを知った。

南実子は、夫との生活に何かが満たされているとか、満たされていないとかいう思いを抱いたことはなかった。幸いなことにそのような思いを持つ場面がなく、それは、翻ってみれば、世間的には充分に満たされている、という裏返しでもあった。

いつから互いへの情を持つようになったのか。不本意ながらも結婚生活が始まり、子供が生まれてから初めて今までと違う時間の流れが自分を心の安定という場所へ連れていってくれた。

情は三人のエピソードができる度に増してゆく。それが他のものに侵食されることなど思ってもみなかった。緩やかな曲線を描いてきて、この先もそうなるはず、と信じていた。けれども南実子の時間は、彼女が抗おうとしても変化の兆しを見せようとする。彼女は、夫と春樹の三人で過ごした平穏であった時間を、ページを繰るように何度も顧《かえり》みる。

青山から等々力に移ったデュヌ・ラルテのパンは南実子も春樹も大好きだ。小さな口の中にまだパンが残っているのに春樹が、もうひとつと、手を伸ばそうとすると南実子が、「口に入っているのに欲張りねえ」と言う。すると夫が、「もうひとつくらいいいじゃないか」と甘やかす。そんな他愛のないひとときが頭に浮かんできたが、自分の病状から考えて、そんな時はもしかしたら、もう二度とはないだろう、と南実子は思った。

一度見たら、他のどんな巧い歌舞伎役者の踊りと次元が違うと感じる役者の舞台を、奮発して一等席で観る。帰りに友人と食事をする。それが、ささやかな贅沢ともいえる幸福であった。そこに留まっていられたなら、何と幸せなことであっただろうか。

数年前、数ヵ月前までは確かにあった、それらは記憶の籠に次々と投げ入れられて、閉じ込められ、現在や未来に結びつかないものになってゆく。愛しむことのできるはずであった過去は、それがあったかどうかも分からないものになっていこうとしていた。


情が薄くなってゆき、変調をきたす。それに気づくことは哀しい。そうなってしまった男と女の感情はほとんど、もう元に戻ることはしない。

「以前のように情のこもった目で、もう夫を見ることができないかも知れない」

南実子が一番、恐れたのはそれであった。恐ろしいことに心の僕《しもべ》でもあるかのように、視線は主《あるじ》には忠実になってしまうものであった。

夫がいるべき心の一部は、別の人への思いに先取られてゆく。そして、南実子はそれを少しでも気づかれないようにと、妻の絶対的な義務のように思った。

今までの時間を侵される方に脆さがあったというのだろうか。それとも侵す方の力があまりにも大きく輝かしいものであるのか。

南実子は六年間という時を、順繰りに頭の中の記憶の籠から取り出すと、数え切れぬ程の思い出を作り出してくれた夫のことを考えた。それらで作られているはずのこの身と心に、もう一度、六年間というものを楔《くさび》のように打ち込もうとする。今まで培《つちか》ったはずの情というものをもって、そこから動けぬようにした。

もし私という人間に倫理と、そして良心というものがあるのなら、「どうかここから動けぬようにして」と、それを押しつぶそうと企みをする見えぬものに真剣に乞うた。

これまで一生懸命まじめに生きてきたつもりだ。大切に育んできたはずの良心という秩序あるものがこの私にもあるのなら、私を救うべきではないか、という怒りさえも持ち出す。

けれども晴朗の輝く視線がその良心を射るのだ。途端に胸の奥の苦しみが鮮烈になり、それはすぐによろこびともなって彼女の胸に押し寄せる。

今までの六年間、何不自由もなかったこの身に、今になって苦しみというものを与えようと画策し操っているのではあるまいか、と南実子は天までをも訝《いぶか》しがった。渡をもう少し待たなかった罪過なのか、と全く不当で、信憑性のない、行き過ぎた責めの気持ちをも抱く。

穏やかに過ぎ行くと思っていた時間、私はそうしようと努力をした、と思い込んでいたものが、通り過ぎる風景のように去ってゆく。そして、ある時、突然に苦悩が現れ、一人の人間を満たし、それがまるで彼女に足りなかったものなのだ、真に完全であろうとするものは、そうしたものさえも必要なのだ、と言いたげに、そちらへと手を引っ張ろうとする。

南実子は誰かと出会うことなど求めてはいなかった。少なくとも彼女が持っている誠実な意識はそう主張する。あれは不意打ちだ。不意打ちとは、時というものも随分とずるいことをする、と南実子は、あの瞬間の場所と時とを司った何ものかに悪態をついた。

けれども、不意打ちを避けられぬ何か、それは肉体の主でさえも知らぬ、未知なる意識がそれを易々《やすやす》と受けてしまった。

たとえカミュがあの説得力のある声で〝神が遍在する〟が如きに、それが小さかろうが大きかろうが、不条理とか理不尽さとかいうものがあらゆる処にあってその始まりを高らかに叫ぼうと、その声の響きが南実子の心に一瞬だけ染み入ったとしても、そんなことが自分の身に起きようとは思いはしなかった。

妙に熱をおびたカミュがあんなことを言うからだ、と南実子は遠くを見た。カミュに会ったら怒ってやるのだ。

「あなたがおかしなことをいうから」

そしてこう問う。

「あなたͩだったらどうする？」

「彼女たち人妻が日常にわざわざ考えることもなく携えていたはずの倫理観が、あっという間に剝《は》がされてしまう瞬間がある。それを自ら求めるのはご勝手にという他はないけれど、天から降ってきたかのようなどうしようもない時、人はどうするべきか。しばらくは、じっと耐えたのちに、それを何でもないこととして打ち消す状況に身をおくことが一番なのよ」

と、カミュは何度も経験をした女のように言う。

うーん、と南実子が考え込むと、カミュは澄ました顔をして、預言者の如くに答える。

「人生というものは生きてみなければ分からないものよ。人は時折、天の操り人形のように歩く。こうしたことと向き合うのはあなたの運命だったのかも知れない」

と、冷淡な言葉を向ける。

友人ではなかったの？　それとも友人だからこその言葉なの？　南実子は、一度は項垂れながらも、その重い首を上げるとカミュに言う。

「どうしたらいいのか分からない。けれども、どうにかこの許されざるものを恨まずに、前を向いて立ち上がるわ」

けれども、この病室から出て、彼女に会うことはもう二度とはないかも知れない、と悲しく思った。

なぜ出会ってしまったのだろうか、どう考えを巡らそうとも南実子には分からなかった。雲の裂け目から見えない糸が垂らされて、目には見えぬ何かがその日の機嫌でそれを操り、悪戯に晴朗と南実子とを出会わせてしまったのか、それとも、南実子の中の何かが、彼女の胸に突き刺さるほどの光の矢を持った者の輝きを、心の奥底で求めようとしていたのか。

ある劇作家が〝永遠をひっつかむ〟彼の瞬間の訪れを語った時、南実子は全くそのような瞬間を想像もできず、いや、むしろ理解さえできなかった。そんなことなどあるはずはない、と思った。けれども、今や南実子の心は瞬く間に体を離れて、晴朗からの光へと向かったのだろうか。

生という時間の中に永遠などありはしない、と思っていた。けれども、永遠という未知の切れ端を摑んでしまった瞬間が、全く予期せぬ刻《とき》に顕れた。

修行を積み重ねた修験者ならば、そして魂を研ぎ澄まそうとする人間であったなら、それは苦難の時間の後に訪れる飛躍にも似る。

けれども南実子は、自分のものはそんなものではなく、この世界はもっと大きな、社会的に影響のある理不尽さに満ちていて、一人の女のちっぽけな理不尽さを人は笑うだろう、と思う。

そして、正当な言いわけをする。日常の時間から一時的に逃避しようとして、などという理由からでは決してなかった、と。

思ってはならない人を深く思い始める真の理由を探り当て、それを道順にいれてもよいのか、それともあるかないかの理由が隠されたままに、目の前の道を歩いていいのか南実子には分からなかった。同時にそれは、自分があるはずのない答えをもがきながら求め続けなければならない、ということなのかも知れない、と思うのだった。

わけの分からないものと闘おうとする力が自分に残されているか、見当がつきはしない。それは南実子を再び闇の中へ落とそうとする。渡を諦めなくてはならなかった時のあの苦しみは、この目の前に不意に現れた、より深い苦しみにいとも容易に押さえつけられていた。


人が感情を全て覆い隠すには限界があり、どこかに洩れてしまうものでもあった。二人は一瞬、互いを真剣な眼差しで見てしまうことがあることを知っていた。同時に、それを知らないことのように、良心をもって呼吸した。

なぜなら、それに対して何ひとつの確信などなければ、それ以上に、二人にはそうした確信を持ってはならない、という抑制ある気持ちがあったからだ。

理性は、いけない、と叫ぶ。しかし、感情は欲深かった。沈黙でさえも、互いの心を高揚させた。

彼以外の全てが色あせてゆく。大好きであった絵、煌びやかな宝石などは、ないに等しくなってゆく。

けれども、渡ってはならない橋が人の中にはいくつもある。南実子はうすぼんやりとしてゆく夫の輪郭を懸命に取り戻そうとした。

人は確かなものを欲しいと常に願う。愛情と名づけられたもの、それがたとえ始まりが不本意であったとしても、婚姻という形で確かに育まれもする。そして、それは、現実の時間の中で、感情に対しては揺るぎのない場所を与える。

だが、そこに、突然、何の形もない、不確実なものが現れ、一点でさえも確実にならず、ただ不確実性だけが肥大してゆく時、人はどうすればよいのだろうか。

確実だと思っていたものが崩れてゆく。嗚呼、と顔を覆った時、確実なものなど、この世界、いや、この身にはないことを南実子は知った。

不確実なものが、その、人の目に見えぬものが、南実子を操ろうとしていた。

四　瑠璃の来訪

今朝も変わらぬ日常が始まった。病室では、昨日と変わらないことは幸いとも言えた。病人は、仕方がないこととは言え、忍耐がなければ一日一日を上手に重ねてはいけない。けれどもその忍耐は病気になる以前のものとは別のもので、待つ、ということが時間の中で大きな位置を占める。体は自由ではないため、そうせざるを得ない。

南実子は自分にこれほどの忍耐力というものがあったのかと驚く。そして、多くの病人はこの忍耐の中に懸命に生きているのだ、と思った。けれども、先が見えないというのは体の負担以上に心に及ぼすものが肥大してゆくことでもある。何らかの改善の兆しがあったなら、病人の心というものも病人なりに少しは晴れやかになれる。

そうしたものに加えて、南実子は「思う」ということの苦しみの中から逃れることができずにいた。その苦しみは彼女の全体を翻弄する。そして、彼女は〝思い〟を誰にも話さずにおこうと決めた。

真の〝思い〟というものは、取り返しのつかない状態に陥ってしまった時、人は誰にも打ち明けることができなくなる。

自分が心を注がなくてはならないのは夫であり春樹であることは当然のことなのだから、自分のもう一つの心がどうであれ、いまだ病には侵されぬはずの、僅かに残されたはずの理性の下、全てに向き合おうと誓った。

ただ、南実子の苦悩は、体と心とを忙しく往来し、時に彼女の精神を窒息させようとしていた。


ドアが元気な音でノックされ、「南実子！」と懐かしい声がした。顔を見なくても分かる、瑠璃だ。

「どうして黙っていたの。早く知らせてくれればよかったのに」

「あなたも忙しいと思って」

「何をばかなことを言っているの、こんな時に。それに、今はごらんの通り、時間はたっぷりある身になってしまったわ。暇つぶしにいくらでも来てあげる」

南実子は瑠璃のコンペでの一連の出来事を知っていたが、自分はこの状況でもあるし、どうしようかと思っていた。

病気というのは、親しい友人にもすぐには伝えにくいものなのである。それが深刻であればあるほど、近しい人々には伝えることができない。南実子は、過剰な心配をする両親にさえ話すことができずにいた。

瑠璃に会えた嬉しさが南実子のそれらの思いを吹き飛ばす。そして、彼女の戯《おど》けた言い方が妙に可笑しく久しぶりに声を上げて笑った。その笑いが収まると彼女は瑠璃の顔をじっと見た。

瑠璃からも先ほどの表情は消え去り、南実子を見た。二人は互いをこうして見たのは初めてだった。南実子は涙がこみあげてきそうだったが、

「何だか変わったわね、瑠璃。下から見るせいかしら？　髪型のせい？　表情が柔らかくなった。どことなく協調性のある顔になったわ」

と、あらゆるものが揺れている自分の不安定さを埋めるように饒舌になった。

南実子の心と体の深刻さをいまだ知らずにいる瑠璃は「そう、変身したからね」と、以前より柔軟で、心からの笑顔で答えた。

けれども、瑠璃は表情に出るほど自分には協調性がなかったのか、と思いながら、南実子の指摘はほぼ当たっている、と驚いた。

南実子は子供に戻ったかのように愉快な心持ちになって聞く。

「変身？　それはどういうこと？　何だかアオムシみたいね」

アオムシ？　この人はおかしなことを言う、でもなかなか感心する表現だ、と瑠璃は思った。

「変身といっても外観のことではないわよ。言わば心の脱皮ということかな。虫の成長でいうなら、幼虫が次の段階に進んだ、というところかしら。虫と違うのは、虫は蛹《さなぎ》になった時、多分、幼虫だったことは分からないだろうし、蝶になった時、蛹の状態で静かにしていたことを知らないわ。でも人間は自分の脱皮を自覚できる」

「あら、それは虫に聞いてみなくちゃ分からないじゃない？」

と、南実子はクスクスと笑った。

瑠璃は、南実子が自分をからかう元気があってよかった、と心底思った途端、涙がこみ上げてきそうであった。ドアを開けて南実子の顔を見るまでの心配が安堵に変わり、その様子に南実子は、うん、とうなずいた。そして、南実子が優しい声で聞いた。

「人が脱皮する、というのはなかなかできないことだと思うけれど、どういう経過があったの？　それは闘って、勝利を摑む女から、別の新しい女性に脱皮したというの？」

「今日は私の方があなたのことを聞きに来たのに。私を質問攻めにするの？」

「ごめん、ごめん、でも、本当に変わったことが分かるもの」

「色々なことがあった。なぜ自分の身の上にばかりこんなことが、って思った。でもそれは私という未熟な一人の人間への試練だった、と今は思える。艱難辛苦《かんなんしんく》、汝を玉にする、という言葉があるけれど、困難な時間は人を少しは人らしくしてくれるものだということが分かった。

私は、自己の欲望に貪欲すぎる人間だった」

「貪欲？」

「ええ、ただただ勝利と賞賛というものに」

そう言いながら、自分は勝利、勝利、と好戦的な男性のようだった、と思った。

「受賞を祝った夜、ホテルの高層階から東京を見下ろした時、ふと、自分がこの街を支配でもしている気がした。馬鹿馬鹿しいけれど、そう思ったの。単に五十階という高い場所にいただけなのに、高い所、つまり、これからもずっと勝利を手にする、ということに取り憑かれてしまっていたのだわ」

欲望と意志との境はどこにあるのか。欲望はなくてはならないものとはいえ、自己を満たそうとするだけのものは、脆弱さを共にしていることは否定できない。そして、目に見えて、手にすることのできる欲望ほど容易いものはない。それはまるで突然現れた恋人のように、抑えようもなく、気侭《きまま》に人を支配し、いつか姿を消す。虚しさが残渣だ。貪欲ともなると、更に別の様相を見せる。一切の品性を欠き、凄まじい様相で、その残渣には哀れみの一片も残されない。そして、意志は何ものにも侵されはしない。

瑠璃が辛うじてその一歩手前だったのは幸いであったが、貪欲さは自己と周囲をも巻き込む危うさを孕んでいる。

「今まで、私は、人がいて、自分もいる、という人間の基本的な関係の秩序というものを踏み外して生きていたのだわ。言うなれば、infrahuman のようなものだった」

「インフラヒューマン？」

「それはね、人間未満という意味なのだけど、私はそうしたものだったかも知れない。生物学的には人間として生まれたものの、いまだ人にはなっていなかった、ということ。でもね、どん底に落ちた人間は、変容できる。それを知ったわ」

「ふーん。やっぱり冒険物語みたいね」

「おかしな感想ね」

と、瑠璃は笑った。けれども、人生というものがどこかで冒険という要素を含んでいることを考えると、南実子の感想も強ち《あなが》間違ってはいなかった。

瑠璃には南実子が心持ち面やつれしているような気がしたが、そのせいだろうか、一層美しさが増したようにも見えた。

二人はフィレンツェに行った時のことを話し始めた。瑠璃も南実子も互いにフィレンツェから絵葉書を出したことでそれが分かったのであった。フィレンツェはさほど大きな街ではなく、一つの美術館から次に歩いて行くことができる。それでも、二人は街中で出会うことはなかった。瑠璃はレオナルドの『受胎告知』を、そして南実子はアンジェリコのものを出していた。

瑠璃と信理がサン・マルコ美術館を出てアカデミア美術館に向かった時、南実子は二人と入れ替わるように、サン・マルコ美術館の木戸を押したのであった。

瑠璃は闘う女から変貌し、そして、南実子は渡の幻影を、必死で捜し求めていた時のことであった。

「親友なのにフィレンツェですれ違いをしていることを思えば、この大都市の東京で、それまで知らなかった者同士で出会ったりもするのね、きっと」

瑠璃のその言葉に南実子は、こくん、とうなずきながら、私は出会ってしまった、偶然にも。そして今、苦しんでいるの、という言葉が喉元まで上がりかけた。けれど瑠璃は、夫がいて春樹がいる自分を、愚かな、としか思わないことだろう。そして、私から遠ざかっていってしまうかも知れない、と思った。それよりも、不当に違いないこの苦しみは一人で耐えようと心したばかりであった。

けれども、その苦しさがこらえきれずに顔を出そうとする。南実子は何かに擬《なぞら》えて心の内を吐露しようと、「ウイグル族の王族の女が羨ましい」と、天井先を突き抜けるかのように見上げながら、何の脈略もなく、ぽつりと言った。それは先ほど、冒険物語ね、と言った口調とは全く別の、悲愴な響きが漂った口調であった。

瑠璃はこの唐突な言葉に、南実子が一体何を言っているのかと訝《いぶか》しがった。他にも話は山ほどあるはずなのだが、そんなことを言うのはもしかしたら病気のせいなのかと思って、無意識に眉間に僅かな皺をよせた。それに構わずに南実子はその話の続きをした。

「『敦煌』という小説を知っている?」

「井上靖の?」

敦煌は中国の西北にある場所である。眠りこけてしまって、輝かしい将来を約束されるはずの大事な試験を放棄せざるを得なくなった趙行徳という男が、紆余曲折を経て、やがて漢訳経典を西夏文字(西夏はチベット系タングート族の小国で仏教が栄えた)に重訳するまでの壮大な話である。

行徳は〝儒教の哲学とは全く異なった仏教の教理に烈しく惹かれていった〟のであった。

経巻の反故類はざっと推定しても何万巻という量にものぼっていた。

「知らない地名やら難しい漢字がいっぱいあって、読み辛くてちっとも先に進めないから少し飛ばして読んだのだけれど、あの中に主人公と思いを交わすウイグル族の王族の若い女性が出てくる。彼女は、恋焦がれる主人公の男が約束通り一年で戻ってこなかったので、生きてゆく為に仕方なく権力者に身を任す。彼女は仕事が長引いてしまって、女のことを心配する男の焦燥を知らない。ある日、馬に乗ってすれ違った時、彼が戻ったことを知った女は、その翌日、崖から身を投げてしまう」

そして、女の死が行徳にもたらしたものがあった。それは、女の死、という究極であるはずの悲しみと、驚きを超え、〝経典に関する仕事を完遂しようと心に決めた時、行徳の眼は生き生きとしたものになった〟というものであった。

この世で大切なものを失くし、その悲しみのゆえに行き場が分からなくなりそうな中で、人が、自分がすべきことは何か、と必死で追求しようとする高尚なる思いが辿り着いた先であった。

趙行徳の場合、それは仏典を訳すという、わきあがった崇高なる精神にほかならなかった。

潔く身を投げてしまったからか、この女性は、主人公とこの壮大な話以上に南実子の心に残っていた。

「彼女の気持ちを思うと切ない」と、南実子は言った。

瑠璃は小説の題名しか知らなかったので、話に耳を傾ける他はなかった。突然に始まった話だが筋立ては理解できるので、南実子が取り立てておかしなことを言っているわけではなさそうだった。

「死ぬことができるというのは羨ましい」

瑠璃はその言葉に何ということを言うのだ、と思ったが、南実子は再び天井を見上げながら続けた。

「今、私にはその気持ちがよく分かる。人が自ら死のうというのは、積み重なった思いの上に、ある種の衝動のようなものが突然訪れるようなものだと思う。王族の女の胸の内では、あれほど待っていた男が帰ってきたのに、自分には駆けつけることのできる自由はすでになくなってしまった」

自分もあのように死ねるのならどれほどの安らぎを得ることができるか、と南実子は思った。いや、その安らぎが確約されずとも、僅かながらの安寧が訪れるであろうという予測が、今という時間を変えることができるかも知れない、と想像した。

この話をずっと以前に読んだ時、南実子は女のことが妙に気にかかってしまい、ウイグルの王族の女を愚かしいと思った。人の最終地点である死をいとも容易に決めつけ、それまでの時間を感情のままに縮める行為に及ぶなど、愚以外にない。

人は生まれた以上、自らをそうしたものを選択する位置に置いてはならないと、普通の人間として南実子は考えていた。

契りを交わした男への忠誠心に似たものか、純粋な女としてか、どちらにしても、人としてもっての外ではないか、生きるべきだと思った。しかも彼女にはすでに新しい日常が始まっていたというのに。

南実子がその本を読んだのは、若く、幸せというものをあらためて覚えずとも、実際に、平穏という幸せの日々にいた頃であった。

けれども、今になって分かるのだ。心に誓ったはずの男と、身を任せ、情が生まれつつあるだろう夫との間で、身と心を同時に置くことはできなかった。双方への裏切りともなることを、彼女は心を裂かれる思いに感じたのだ。

そして主人公の男への思いが勝った。もうその時、女は身をそのままにしておくことなどできなかった。哀れにも他の術を持たず、誰かに打ち明けるなどということはなおさらのことなかった。女は、ただ一人に心を注ぐ時、それ以外に盲目となる。小説家はもしかしたら、直感的に女心を理解したのかも知れない、だからこそ、女についてそれほど多くの記述をしなくとも胸に迫ったのだと、南実子は思った。

夫となった男との時間を守ろうとしながら、心底愛した男を思いつつ生活を続けるという卑怯なことは女にはできなかった。そして、更に、愛を取り、男に戻ることも、彼女の忠義心から、選択枝に入れることはなかった。

自らの思いに対するずるさ、というものは彼女の持ち物の中にはなかったのだ。南実子はウイグル族の王族の女の強すぎたかも知れない自尊心と、王族にしては、いや、王族だからこその、純粋すぎる誇りに同情した。

南実子が病の為に、ずっと先か、それとももう少し自分の近くに死というものを置きながら話しているのか、と瑠璃は思った。朗らかそうに振る舞っているけれども、それほど具合がよくないのか。なぜこんな話をするのか瑠璃には奇妙に思えたが、少なくとも、死などという言葉は口にして欲しくはなかった。

「私は容易に登場人物を死なせてしまう作家も、そういう本も嫌だわ。そんなことを言う人は、もっと嫌い」

と、瑠璃は南実子を睨みながら言った。

「ごめんね。ただね……」と、南実子が言いかけると、瑠璃は、南実子にこれ以上悲しい言葉を言わせないようにして、

「ばか、ばか。死ねることを羨ましいだなんて、二度と言わないで。今度言ったら親友の縁を切る」

と、遮《さえぎ》った。瑠璃にはそんなに人が簡単に死のうとすることなど受け入れられない、嫌だ。南実子にそんなことに同調して欲しくはない。

「だって弱すぎるじゃない。人はウイグルの王族の女のそれを、つい純粋と括《くく》ってしまうだろうけれど、純粋って強い糸のようなもので、細くても、美しくて頑丈な糸が束ねられている分、本当は何ものにも侵されはしないものではないかしら。愛と呼ばれるものを理由にするなら、生きて、もがきながら答えを探すのが強い人間というものではない？」

「そうね、そうだわね、分かっているわ。でも、彼女はあと幾日か、それとももう少し長く待てばよかったのに、相手を信じ、待つことへの忍耐ができなかった自分を許せなかったのかも知れない」

この時南実子は、渡を、いや、彼の軀を待つことができなかった自分を思った。

潔癖というものは、絡み合った事情の下には、瀬戸際で思いがけずに愛情というものの敵

になる。女は一人の男にしか心を置けない。

女が、ある日戻ってきた男を目にした時、新たに夫となった人との豊かなものになるはずであった時間は、一瞬で無と化した。心に男を思いながら生活をするのは真綿で首を絞められてゆくにも似る。その苦しみは女を現実の世界に留まることを許さなかった。

思い込みや錯覚はしばしば人を悲劇のヒロインにしてしまう、南実子は本人の意識しないところでそのような世界にいるのかも知れない、そこから引き戻さなくては、と瑠璃は思った。

「あなたにはご主人がいる。春樹がいる。第一、状況が違う。なぜそんな話が分かると言うの？」

「わかっているわ。そんなことしない。でもそれができないから羨ましいって、思ったの」

羨ましい？ 瑠璃は南実子の言っていることが全く理解できない、もう一度、ばか、ばか、と言いたかったが、多分それは病のせいで感傷的になっているのだろう、と彼女は忖度し、それを言うのをよした。

安定した生活、穏やかな心、それが今、すべて過去となり、大海原に漕ぎ出る小船のように揺れている。南実子の揺れは、瑠璃に分かるわけもなかった。南実子はこのままでは、自分が晴朗への思いを話してしまうのではないかと思い、瑠璃が一度も出たことのない同窓会の話を始めた。二人の話題は〝我らがカミュ〟であった。

「カミュは本当に変わってないわね。ずっとカミュだわ」

南実子が話を移したことに瑠璃も何の疑問もなく、それに合わせ、二人とも彼女の頭の中を見てみたい、と言いながら、先ほどの話などなかったかのように笑った。

瑠璃は、こんなに笑うことができるのだから大丈夫、と信じようとした。一時間ほどして、彼女はまた来るね、と言って部屋を出て行った。


瑠璃の心配そうな後ろ姿を見送ったあと、南実子はもうじき夕闇が訪れるであろう窓に顔を向けた。広くて立派な個室。南実子はもう少し質素な部屋でいいと言ったが、夫は見舞いにくる人への配慮をし、この部屋にしてくれたのだった。時折、夫のお金でこうしていることに居たたまれなくなる。身と心とが別なことを罪に感じ、それが胸を刺す。

心が全て、と思う一方で、その心が宿っているはずの体を、養い、息をつかせてくれているのは夫であり、そして、夫のお金であった。

世の中はお金なんかじゃない、などと青臭く叫びながら、現実は、その力に頼っている。それで自分はこうして生きていることができる。その経済的に豊かな海に浮かぶ体から生み出される心で晴朗を思う。自分は何とずるいのだろうか、と思った。

けれども、身動きができない、それが一層南実子を苦しめる。もし病の為に肉体的な苦しみがもっと強くなるのなら、私の中に生まれた罪は僅かに浄われる気がする、と南実子は思った。

昼間の喧騒とひきかえにやってくる夜の静寂さの中で南実子は目を閉じると、この一夜の眠りの後、もう晴朗の声を耳にすることもなく、晴朗を思うことのない身になっているかも知れない、と空虚な期待をする。

目が、耳が、その力を研ぎ澄まし、晴朗の姿、声を、神経質なまでに捉えて、心が晴朗の他には何も入れられることのできないようになってしまった、そのどうしようもない硬い苦しみは、翌朝、去っているのだ。

けれども、心の中から晴朗がいなくなることを想像した時、南実子は思いから解放され、同時に行く先を見失い、とぼとぼと歩いているのであった。その時、それは南実子であって、すでに別の南実子となる。その別になってしまうだろう自分への決別の覚悟を今は持つことができない。

夜が明けると共に、我が身の置かれた処が変わってはいないことを再び知る時、落胆は喜びに変わる。今日もあの人のことを思うことが許されるのだ、と南実子の中で、少し前から

「あの人」と、呼び方が変わっていた。

瑠璃は等々力のデュヌ・ラルテに向かっていた。南実子も瑠璃もそこのパンが大好きであったが、その〝類い稀なるもの〟という意味にも惹かれていた。けれども、今日のその足取りは、香りの高いパン屋の店先で自分の好きなパンを選ぶ子供のような浮き浮きとした気分が先立っているものではなかった。

先日南実子を見舞った時、彼女の食事はまるで鶴が粟を啄《つい》ばむかの如くに細くなっていたのが心配でたまらない。南実子も好きなここのパンだったら少しは食が進むかも知れない、と瑠璃は思って急いだ。

「ここのパンの味は、本当に丁寧に作られてるって思う。ホノカ、なんて何もつけなくても美味しい」と、南実子が言っていたのを思い出し、白ぶどうと林檎の入ったレザン・ヴェールと、山ぶどうのカレンズのプティット・ヴィーニュ、そして、ホノカ、を買った。

南実子が食べられるか分からなかったが、彼女の鼻先を擽《くすぐ》り、美味しそうと感じてくれるだけでもいい、と思った。それにあの日、瑠璃には南実子が病よりほかに何かを思いつめているのではないのではないか、と気になっていた。

瑠璃が病室に入ろうとした時、主治医であろうか、一人の医師が南実子と話しているのが見えた。南実子の頬には微笑みが浮かび、その顔は、美しく、満たされていた。窓からの光に、彼女の姿は絵画の中の女性にさえ見えた。

彼女の前に、背筋を伸ばし、椅子に腰を掛ける医師の後姿は、座っていても、信念というものが溢れているのが伝わってくる。肩の辺りには、患者を気遣う優しさが見てとれた。南実子と晴朗の時間は、瑠璃が来たことで短縮されたのか、医師は椅子から立ち上がった。彼は部屋を出てゆく時、瑠璃の会釈に軽く返した。

瑠璃は、その後ろ姿を見送った時、そこに残された清潔で爽やかな余韻を感じた。それは白衣のせいであったろうか。人は、中身で勝負するもので、見映えなど関係ないと言うこともあるが、そういったことばかりではない。だらしなく、酷《ひど》くぶざまな服装を目にすると周囲までもが陰鬱になる。その反対に、生き生きとしている上に、さっぱりとした服装の子供などを見ると、老人などこれで明日も元気にやれるなどと思うものだ。人の外見というのは、自分自身よりもはるかに人の目の気分を左右する。

「初めて会ったけれど、よさそうな先生ね」

と、瑠璃が言うと、「うん」とだけ南実子は答えた。瑠璃はそれを、随分とあっさりとした答えだと思ったが、日々のことだからそんな答えしかないのだろうと解釈した。けれど、先ほど見た南実子の微笑はまだ彼女の頬にあった。

それよりも、瑠璃は南実子の食欲のことと、この前、言っていたことが心配だ。瑠璃がパンを取り出すと、それらの味と香りが南実子の食欲を刺激したのか、南実子は、美味しそう、と言った。瑠璃はよかった、と思いながら、

「ね、この前、ウイグル族の王族の女が羨ましいって言っていたけれど、あれ本気じゃないわよね」

と、問い詰める口調で聞いた。

「あれは小説の中の話。自分からそんなこと選んではいけないことは分かっているわ。彼女は、きっと心に魔がさしたのだわ。私は、そうしようとも春樹がそれを邪魔してくれる。私には、そうしてはいけない、という人としての理性はまだ残っている、私は彼女より分別のあるずっと年上の女だから。何だか急に思い出して、そんな話をしてしまったのかも知れないわ」

「それならいいけれど、体を失ってしまったら元も子もない」

「わかっている。でも……」

でも何？　と、彼女は南実子が何を言い出すか身構えた。

「それでも魂、というものは残せるかも知れないわ」

と、南実子が言った時、瑠璃は、その魂という言葉に違和感を覚えた。夜遅くまで働いて、コンペで勝つことしか考えていなかった頃、魂、そういったものなど考えたこともなかった。第一、そんな目に見えないものをどうやって信じろというのだ。

瑠璃とて、目に見えずに、人というものを作り上げているものをどこかで信じようとする気が少しはある。けれども、体をなくしてしまってどうするというのか。

体の中に宿るであろう魂の為にはまず体ではないか。そんなことを一瞬でも南実子には考えて欲しくはない。

瑠璃の中で、魂というものがあるかどうかも分からなかったが、あるとしても摑みどころのないものに思われた。今は、それよりも一匙《ひとさじ》の粥を、この南実子の大好きなパンの一ちぎりを、口にして欲しかった。

それは健全な心身の持ち主として何の不思議のない思いであった。その健やかな瑠璃の中に、次第にいつもの怒りがこみ上げてきた。瑠璃は自分でも変わった、と自覚するが、怒りっぽさだけはどうあっても彼女と共にあった。

「魂、魂って、そんな目に見えないものをどうやって摑むっていうの？　いいわ、一歩譲って、それがあったとしても、体を新しくして、新しい魂とやらを宿らせればいい」

瑠璃は南実子を力づけようとして言ったのだが、新たな体を得られる確証は少ない南実子に向かってこんなことを言うのは、全くのところ理不尽であった。その上、病床にある者に向かって怒るなどもっての外だ。けれど、多くは望まなくても、わずかな改善の余地はある、健全な精神は健全な身体に宿るというではないか。だから、南実子には少しでも食べてもらいたかった。

南実子は、少し口をとがらせて話す瑠璃のことを、心から羨ましく思った。その健やかさと懸命さを眩しく感じた。大切な妹でも見るように「そう、そうね」と、涙ぐんだ。

「子供の頃、遠い空に亡くなった人々の魂が犇《ひし》めくようにして在って、きっと空が混雑しているのじゃないか、なんて思った。でも、それを恐いとも思わなかったし、不思議で、むしろ美しい世界なのだろう、と思っていた」

瑠璃は、この人は真実、純粋なままなのだ、と思いながら、彼女の病が南実子をそのようにしているのかとも考えた。けれど、溢れそうな涙はそればかりではない気もした。

「なぜ、そんなことばかり言うの？　何か、他に苦しいことでもあるの？」

南実子はひと呼吸おくと、

「ある人が心の中を占めている」と、言った。小さくて、静かな、けれども透明な響きであった。

数日前まで、誰にも話すまい、と決意したはずだった。それを隠し続けなければ、自分の中の緊張する糸が切れてしまってどうなるか分からない、と思ったが、そうしたことにも、限界というものがあった。

南実子は努めて他人事のように話そうとしたが、どうあっても無理なことであった。けれども、瑠璃に、理由がはっきりとしない心配をこれ以上かけるのもいけないと思ったのか、妙にきっぱりとした言い方だった。

「えっ？」と、瑠璃は驚いて南実子の顔を見た。

「どうしたらいいか分からない」と、南実子が言った。

ある人？　と、瑠璃は頭の中で繰り返しながら、想像を巡らし、真っ先に頭に浮かんだのは先程の医師であった。彼と話をする時の南実子は、確かに病人であるはずなのに、瑠璃も見たことのない輝きを持ち、その相手も、後ろ姿であったが、瑠璃には同様に見えたことを思い出した。

「死が許されないのなら、狂うことができれば、と思った。そうでなければ、苦しみが命に関わることを願った。たとえそれらがあってはならないことと分かっていても」

瑠璃は、この前、なぜ南実子がウイグル族の王族の女の身を投げた話などしたのかが、ようやく分かった。人は負の行き先ですら、強烈な意志を拳にこめそこへ向かおうとしてしまうものなのか。あらゆるものを捨て、自分の身を逃げ場のない処へと追い詰め、ある者は狂ってしまえ、とばかり我が身に厳命し、それに従ってしまうのか。

「そうでなくても、狂ったふりをできるかも知れない」と、南実子が呟いた。


苦しさから逃れようと、狂気を求めた先に一体何があるというのか。心の中の幾つもある最初の堰が壊されるが、幸いにも次で止められる。やがて大きな嵐がやってきて、大洪水を引き起こし、全ての堰が壊されてしまう。その時、人はただ立ち尽くす。

「夫がお金を出しているこの立派な部屋で、時々、狂気に身を委ねたいと思ってしまう」

と、南実子が言った時、瑠璃は、ばかという言葉も出ることなく、気持ちが硬くなった。

「でもね、春樹の笑う顔と寝顔がいつもそれを振り払ってくれる」

南実子の焦がれる狂気を、一点の無垢なる正気が、ここでは狂気への不純物となってそれを完結させなかった。

「何だってそんなことになってしまったの？」

瑠璃には、そう言うことしかできなかった。二人の間にはしばらくの沈黙があった。

「人って、もう少し楽に生きられる動物だったらいいのにね」

と、少しばかり元に戻った瑠璃が溜息をつきながら言った。

「私もそう思う。でももしこの苦しさに背を向けたら、私は私でなくなる」

「……ばか、ばか、ばか、あなたはやっぱり大ばかよ」

と、瑠璃は今まで以上にばかを繰り返しながら、いつしか涙声になっていった。けれども、今日の、瑠璃のばか、ばか、にはいつもよりずっと思いやりがこめられていた。

理不尽なものはなぜ時と場合を選んではくれないのか。けれども、そうしたものにとってはそれもまた、彼《か》のものの身の上というものなのだ。

「確かにそうだわ。頭と心を離してしまう、理不尽さというものは、こんな小さな一個の人の頭と体と、そして心をばらけさせようとすることを知ったわ。でも、同時にそれは人の心を際立たせてもしまう。

私は今、自分の身が、ただ思いというものだけで作り上げられているような気さえする」

そのようなことを聞いても、瑠璃は南実子がどこへ行ってしまうのか分からなかった。

「あなたほどの良妻賢母はいないと思っていたのに。十幾つの少女よりも賢さから遠のいている。あなたほどのばかは見たことがないわ」

と、言うと、その後は口をつぐんだ。

もし自分が男であって、南実子がベッドになど横たわっていなかったら、後先も考えず、南実子の頬を叩いていたかも知れない。目を醒まして、と言いたかったが、どうやら目は醒めている。その証拠に、南実子の顔は真剣で、自分の言葉に寸分も違わない、といった忠実さが表れて、妙に人を納得させるものがあった。

南実子は瑠璃のこれからも続くだろう眩しい未来の日々を思った。瑠璃は、苦しみを抱えながら露とも消えぬかも知れない処へと向かってしまいそうな南実子の時間を思った。

時間が、あらゆるものを、正しいであろうという方向へ向かわせる秩序というものを、その深部に携えながら存在しているのか。もしくは、時間というものが正否に関わらず、単なる事実として全てを進行させているのか。

翻弄される現実と、確実ではないかも知れない未来、というものの為に存在しているのか、その真実の姿を現そうとはしない中で、二人は互いのことを思い遣った。

南実子は、瑠璃らしい健やかな体に宿っている健やかな理性と、ばか、ばか、と言う時の彼女の溢れるほどの情が、自分を少しだけ元の場所へと引き戻そうとしてくれるかも知れない、と砂のような希望を胸に覚えた。

今日の瑠璃の、ばか、ばか、は一層の愛情をもって自分の胸に響く。

「ねえ、瑠璃、有り難う」

「何に？」

「私はあなたが、ばかっていっぱい言ってくれるのが好き」

人は恐らく南実子のことを馬鹿な女だ、などというかも知れないが、それは瑠璃の口から出される時、他のばか、ばか、とはまるっきり別のものであった。何よりも、熱い情が込められていた。

「ばかって言って、有り難うというのはあなただけだわ」

と、言って二人は我慢することをやめた時のように、声を上げて笑った。

「でもね、南実子、いけないわ。これはやっぱり」

と、瑠璃が真剣な顔つきで言った。なぜこんな時に、こんなことになるのだ、瑠璃は南実子を引き止めなくてはならない、と思った。

南実子はその言葉に、ただ黙って瑠璃の顔を見つめるばかりだった。自分だって、どれほど「もうよすわ」と言いたいことだろう。その目には今にも涙が溢れそうであった。

この部屋にいることは、時折自分を追い詰める。自分の命か、あの人の命が絶たれるかのどちらかの方法しかない、とまで思う。ウイグル族の女のように、自分の命を自ら断つなどということは、夫や春樹に対してできない。そして、あの人の命を、と考えることも天に背くことだ。

　心が苦痛に圧迫されそうになる時、たとえ自信を持って、死の選択に強い否定をしていたとしても、永遠の意識の喪失が自分を楽にしてくれる一番の方法に思えることがある。

　仮に、それによってここから自己の存在が消えたことを可能な限り想像する。魔法をかけられたように、一時的にその場所から消えてしまうことではない、自己の存在がこの世界から一切合切、今を限りになくなってしまうことを思った。

　そして、その時までに抱いていた辛さに押し潰されそうな心が、そのことで解消されるかも知れないという期待が待ち受ける。けれど、それが解消された時、意識の存在はすでに不可能なものとなるのだ。解消のよろこびなど、どこにもない。

　瑠璃が帰った後、南実子はどうしたらいいか分からずに、そして、このまま歩いてゆくことに耐えきれるのか分からなくなって声を上げて泣いた。

　自分の存在が荒野を当て所《あど》なく歩く流浪の人のような気がした。ウイグル族の女のように死ぬこともできず、ただとぼとぼと歩く他はなかった。

　あらゆるものや、見えぬ何かは、自分をどこかに置いてきぼりにして見捨てようとしている、このまま情念の苦しみに巻かれてしまうのだろうか、と思った。その苦界を彷徨って、それが自分を狂わせたとしても。これがよくて、これが悪い、世の中はそういうものかも知れないが、その判断さえ自分の中から失われてゆきそうだ。

今だったら戻れるかも知れない、戻れば安定がある。安定？　けれども、それは何に対するものか？　生活の？　金銭の？　と彼女は自問した。では精神の安定は？　金や銀、宝石と美酒でできたものなどすべて、いつか幻となる。真実とはほど遠い、と南実子は思った。それを安定などと私は呼べない、と叫んだ。

そして、真っ白なシーツの端を握りしめながら、この心を戻す方策を必死で求めようとした。

五　婚約者

ある夜、南実子は夢を見た。彼女は肩から手を下に撫で下ろす。そこにあったはずの乳房がない。なぜ乳房がないの？　春樹に乳をやることもできない、と思った。春樹に乳をやったのは、もう何年も前のことのはずなのに、叫ぼうとする。その時、背に指が触れ、それが下ろされてゆく。南実子は動くことができなくなり、その指先の一点に集中した。その指の持ち主は誰か分からないのに、いけない、いけない、と首を横に振る。

突如として、自身の存在の輪郭が分からなくなってしまった。それゆえに、誰かになぞって欲しい、と体の底から無意識に切望した果ての夢であったろうか。

摑みどころのない感覚が押し寄せてくる。この存在を誰かに確認して欲しい、そうでなければ、この存在がどうなってしまうのかわからない。そう思った途端、体が震えた。

夢は過去を渦巻きの如くにしようとしていた。けれども、自分という存在が何処へ行こうとしているのか、心底不安を覚えたことだけは確かであった。

ようやく現実に戻った時、もう誰にも触れられることもないのだ、という新たな冷たい哀しみが彼女を襲った。南実子の中の交錯は時折、夢を現実と区別できなくしようとしていた。我に返るとその夢の輪郭さえ消え、彼女は目を覚ました。いまだ、外は夜明けの気配さえなかった。

翌朝、その夢はしばらくの間南実子をぼんやりさせていたが、陽が高くなるにつれ、徐々になかったもののようになっていった。そして、昨日と変わらぬ朝がやってきた時、南実子はそれを心底幸いなことだと感じた。

病人の一日は、飽いた日もあるものの全てがそうというわけではない。病は頭から離れることはないので、それがその人の全てを満たしてしまうことさえある。病気ひとつしたことのない者には、そんなもので満たされるなど馬鹿馬鹿しく思われ、分からぬに違いない。

病人は、病を自分と何か別のものと考えようとすることもあるが、否定しようとも、それと近しくならざるをえない。明日のことを考える前に、今日という日を、この内部の親しいものと共にどうにか無事に終えようと思う。病に集中するので、時はかえって凝縮されることもある。

そして、たとえ重い病に伏す病人だとしても、当人は自分には明日がないなどとは思っていない。今、という時間と向き合っているがゆえに、病を持たぬ人々よりも、時間に対する真剣さの度合いは深いかも知れない。

生命という摑みどころのないものに対して、精神の上で、より旺盛になることもある。それは周囲と病人にとって、辿り着ける唯一の、そして重大な幸いと言える。その為に、僅かでも具合がよかったりすると、今までになく心は肉体に従順になり、気持ちが体を褒める。病は人を、身体的に負へと貶めるかも知れないが、病を背負うと同時に、人は出発点のあり場所を負へと移動して出直すという策を生み出す。病人が自己の微小な良い変化を本能的に讃《たた》えることができるのも、そういった理由なのかも知れない。

南実子の病状は決して安定しているものではなかったが、その不安定な病状の中でも時折具合のいい日があると、絵筆を持ってみようかという気持ちになることがあった。

ある日の朝、晴朗の絵を描こうと思いついた時、彼女は小さな幸せを見出した気がした。

それは彼女の全身を温かく満たそうとする。精魂こめて完成したその時、一瞬、天が哀れみ、一人の女をこの愚かしさから解放しようとするかも知れない、という儚い望みがよぎった。

そして、同時に、絵を受け取った時の晴朗の嬉しそうな顔も浮かぶ。誰も部屋に入ってはこない時間を見計らって、絵は少しずつできていった。あの輝く瞳を入れたならば完成だ。

その日、晴朗がいつもより早く回診にやってきたので、南実子は慌てて絵を隠した。

「何ですか、それは?」

興味を抱いたのか、晴朗が聞いた。

「いえ、何でもありません。ちょっと絵を描こうと思って」

「絵? 風景画? 人物画? それとも抽象画ですか?」

と、どうしたわけかいつになく詳しく聞こうとするが、南実子が答えないのでそれ以上聞くことはやめて、具合の悪いことはないかどうか尋ねた。特に変わったことがないことを確かめると、今朝は忙しいのか、すぐに出て行った。

丁度、そこに詮索好きな、若い小太りの看護師が入って来て、点滴の準備を始めた。太っているから体の動きが悪いのかと思えば、そうでもなく動作は意外に手際がよかった。いそいそと動いている内に、盛り上がった胸にさしたペンが床に落ちた。苦し気にそれを拾おうとしたその時、シーツの下に少しだけ顔を出していた、裏に伏せていたキャンバスを目敏《めざと》く見つけた。

「何ですか、これ？」

と、手を休ませることなく、南実子に聞いた。

南実子は恥ずかしそうに、「絵を描いているのよ」

と、無防備に答えた。すると看護師は、

「あら、晴朗先生の婚約者の方も絵を描かれるのですよ。有名な方なのです」

と言った後、こんな個人的なこと言ってはいけなかったのだわ、と小声で言うと、よく働きそうな手で、顔の割には小さな口を慌てて押さえた。

その言葉が南実子の耳に届いた瞬間、晴朗という男が否応なく凄まじい速さで遠くへ行った。彼は充分に満たされていて、僅かであっても、自分が入り込む隙もないほど幸せな人なのだ、と思った。

一度は自分も絵描きを目指そうとしたということと、理不尽な嫉妬との両方が一緒になり、旋風となって南実子の中に渦巻く。婚約者が名のある絵描きであることは、その思いに一層拍車をかける。

南実子は晴朗がどのような個人生活をしているのか、関心はなかった、いや、それは本心ではない、知りたくはなかっただけだ。自分はこうして夫と子供がいるというのに、相手に大切にしようとするものがあったとしても、それは南実子の感情が立ち入る領域ではないと釘をさしていた。自分とは関係などあるべきではない事実が、奥底に渦巻く感情をかき出し、嫉妬や憎しみに変わることを予測するのは容易であったからだ。

晴朗の幸せを願うべきではないかという、保っていたかった良心は無残に踏みつけられた。小さな幸い、人の目になど映らぬほどの小さな、小さなものは、自分と晴朗の間にあるのだ、という邪《よこしま》な心をすぐに打ち消すことができなかった。

そして、利己的で倫理を欠いた、この独り善がりであった思いが崩れる音を、南実子は自分の中に聞いた。思い慕う相手が、一人だけ幸福の度合いを上げていってしまうのは、自分の中に枯れた諦めを生むことに他ならなかった。

南実子は、晴朗と婚約者が見つめ合い、手を繋ぐ姿を想像した。嫌でも、その二人の姿が浮かんでくる。彼女は夫と一度も手を繋いだことがなかった。春樹が生まれて、彼を真ん中に三人で繋いだだけであった。

看護師の思いもよらない言葉は、南実子の喉の奥をぐっと詰め、彼女の指の先まで冷たくしてゆく。耳に届いたばかりの現実を拒もうとする、愚かしくて、哀しい、自己への嫌悪が暗黒の感情となり、重く冷たいものが下瞼に上がってくる気がした。それを堪えようとして、唇をぎゅっとかみしめたが、表情にはそれが表れたのだろうか、看護師はその様子に驚いた。彼女はすぐさま部屋を出ると、体をゆさゆさとさせて走って、廊下を曲がろうとしていた晴朗を大声で呼び戻した。彼は走って戻ってくると、

「どうしたのですか？　田所さん、聞こえますか？」

と、聞いたことのない慌しい声で南実子に呼びかけた。

彼女は答えたくなどなかったが、患者の小さな義務は果たさなくてはならない。

「……大丈夫です」

と、ようやく答えた。

南実子は、自分には全く関係のない些細であるべきはずのことに、体が思った以上に馬鹿馬鹿しいほどのショックを受けたことを、確認せざるを得なかった。

そして、自分の愚かさをすぐさま悔いた。

〝耳目は精神の窓である〟という。それならば、目が晴朗の姿をとらえることを止め、耳が

声を聞けぬように、と願った。

両耳の奥に残された「婚約者」という言葉への、忘却を願った。そうでなければ、やはり狂気だ、と思いつく。堰《せき》は壊されるのを待っていた。うねる狂気が流れ込む準備は前からしている。そうすれば隠していたものが露になって、始まろうとしているものを、終わりにしてくれるかも知れない。けれども、狂気をどうやってこの自分の中に棲《す》みつかせればいいのか、その萌芽に至らせる自信などなかった。

そして、彼女の中のまだ残されている理性は、狂気というものが、恐らく春樹という、自分の分身にも似た小さな愛する者も区別することなく、あらゆる記憶の忘却という法外な代償を求めるものでもあるだろう、と囁《ささや》いた。その取引の代償は大きすぎる。

では、そうでなければ、笑うのだ、狂ったかのように笑い続ければ、周囲はその作為的な狂気に手を焼き、正常ではないと諦めるかも知れない。そして、自分はその自らが創り出す狂気のリズムに、いつか身を投じればよいのだ。

けれども、その愚かな着想はすぐに破られた。

「お母さん！」と、ドアが開けられると同時に、可愛らしい声が聞こえた。春樹だ、いつもと変わらぬ生命の息吹そのものであった。

自己の揺れ動く心の脆弱さを土壌に、南実子が思いつき、求めようとした狂気の影は突然現れた無邪気さにその踵《きびす》を返した。
南実子は「ハル、有り難う」と言った後、何度も彼の名を呼んで、小さな体を抱きしめた。春樹が苦しいよ、苦しいよ、と言っても彼女は抱きしめ続けた。

翌朝、南実子は自分が狂ってはいないことを鏡の中に確かめたかったが、その目は以前より哀しい目をしている、と思った。それは何かの目に似ていた。伊豆高原の「池田二十世紀美術館」にある、ピカソの『アルルカン』の目だった。

ピカソやシャガールは他の美術館にもあるが、そこは場所柄もあり、とりわけ静かで、両方の絵を存分に楽しめた。

自分が幸せかどうかなど考え及んだことのなかった頃、渡と何度か行ったその場所で、ピカソの他の絵に気をとられ、シャガールに心を奪われ、高揚する渡との歩みの中で、その全体に灰色がかった、さほど大きくはない絵を見過ごしていた。飾られている場所も、いかにも通り過ぎてもらってもいい、という位置であった。

けれども、渡を失った後になって、その絵に初めて気がついた。道化師は言いようのない哀しげな目をしていた。それは人生に、理不尽さを見、それに翻弄され、ついには焦点を定めきれずに諦めてしまう他はなかった目であった。

南実子は今の自分はアルルキーヌではないか、と思った。いや、マリー・ローランサンのアルルキーヌは美しく、そして若かった。

哀しみは、それを音にし、言葉として口にし、文字にし、それ相応の表現をされると、その朧気《おぼろげ》だった輪郭をはっきりとさせ、色さえも浮かばせる。レッテルさえ貼らなければ、もしかしたらそうしたものは本来は摑みどころもなく、実在などしないのではないかと思う。けれども、あの絵はそんな迷想も何も要らないほど哀しかった。

晴朗には美しい決まった人がいるに違いない。事実を知らない場所で、そうした想像を巡らす勇気は南実子にもあった。けれども、今まで実際に見聞きすることのなかった不確実さの中の小さな隙間を見つけては、愚かな思いに自由を与えていた。

知らないでいることや、不確実さや曖昧さは、その小さな世界をうろうろとする人間にいっとき矮小で自己を満足させる程度の小さな幸福をもたらしてくれる。

南実子の頭の中には、若さや美しさといった、この先十数年はいまだ何ものにも冒されないものに彩られているだろう晴朗の婚約者の姿が浮かぶ。誇らし気なその表情は幸せそうに晴朗に向けられている。

南実子は何の頓着もなく婚約者の話をした年若い看護師に、一瞬だが恨みを抱いた。あんなことを知らせてくれなければ、私は苦しい思いをしながらでも、知らずにいるという安定が作り出していたものの片隅に身を置けたのにと思った。

そして自分は何と欲深い人間なのだろうか、と思った。


晴朗の婚約者の藤岡美枝は、南実子も耳にしたことのある新進の女流画家であり、近い内に銀座の名のある大きな画廊で個展を開く予定になっていた。彼女は若く美しいばかりではなく、将来をも嘱望されている。

南実子は田所の会社に入る前、画家になりたいと思ったことがあったのだが、才能のないことが分かり、諦めた。そして今、たとえ趣味であっても、自分はもう大きなキャンバスに向かうことはできない。けれども、彼の婚約者は力強く、そして優雅に筆を動かしてゆくだろう。

そんな偶然を、時が、自分に仕向けなくてもいいではないか、そして美枝はいつか愛する晴朗の肖像画も描くことだろう、と考えた時、南実子の心は音をたててざわめいた。

思いを寄せてしまった相手の幸せを願うべきではないか、という良心は無残に踏みつけられ、僅かな目に見えない、そして何の確証もない幸福は自分たち二人の間にあって欲しかった、という欲の深い心を、南実子はいやが上でも自らの中に見出していた。

それまで南実子は、許されることのない晴朗への思いをどうにか償おうとして夫への心遣いを懸命に保ってきた。人は罪の意識を感じている時、その罪過を償わなくてはならない相手にいやがうえに一層の優しさをもって以前より多くを装ってしまう。愚かしい身勝手さはそれで罪が少しでも軽くなるような気がし、それが自分にできることなのだ、などと断定さえする。

たとえ偽りのものであっても、相手を傷つけまいとする時、それが必要とされることもある。けれども、それさえも途絶えそうになる。辛うじて保っていた、そうしたものの全てが壊れる、それだけは決してあってはならないことだった。

嫉妬が南実子の首を絞める。その息苦しさが手を貸すのか、嫉妬は体中で増幅し、彼女の手を取り、婚約者の首にも手を伸ばす。

その日を境にして、南実子の様子と行動は変化した。細かった食事には一切手をつけないばかりではなく、晴朗の入室さえ断るようになった。自らの感情を宥《なだ》め、擁護し、それを決して暴露しない為に、南実子は急速に閉じてゆこうとした。

南実子にとって暴露、心の暴露とは、服を剝ぎ取られそして裸で晒されるよりも決してあってはならない掟《おきて》であった。

気持ちの抑圧は時に、いや、それどころか大抵の場合、体に害を及ぼす。そうした抑圧は病状を悪化させることもある。この抑圧を止めなくてはならない、と南実子は考えた。おかしな事に、南実子はその時になって、自分の身を守らなくてはならない、と気がついたのだ。そう思ったのは初めてのことであった。

南実子は、心が体を壊してゆく、瞬間にそう感じた。時間と共にそれを確信したのであった。

そして、自分をもっと閉じる為に、まだ誰も来ない内に、ベッドの下のキャンバスを取り出すと、あの輝く目が描き入れられていない絵を、切れ味の悪い果物ナイフで、弱弱しくなった腕の力の限りに切り裂いた。

鈍いナイフは南実子の指を傷つけ、そこから染み出した血はキャンバスについた。傷は痛んだはずだが、彼女の昂ぶったものは、それを何でもないことのように行動させた。

そしてナイフを大急ぎで机の引き出しの奥にしまった。そうしなければ、その衝動が別の衝動を生んでしまう、家に戻らなければ、私は何をしてしまうか分からない、と呟くと、彼女は未だ残されている僅かな理性で決意した。

出張に出ている晴朗が何かの事情で病院に戻ることなく、もう二度とここに来ることがない日を一瞬、南実子は望んだ。

そして、たまに顔を見せる山形に家に帰らせて欲しいと頼んだ。この医師は落ち着きのある晴朗とは全体の雰囲気は真逆のものを持っていた。表情はゲームの画面のようにころころと変わり、その笑顔は明らかな作り笑いで、不快にさえ感じられた。おまけに、さっき一度言ったことを繰り返す。太った腹の為に椅子に座らず、寝ている側から見ると、顔より腹の方が先に目に入る山形を南実子はあまり好きではなかったが、今は彼に頼むほかはなかった。

南実子の状況からしたら、山形にも当然簡単には受け入れられないことであったが、家に戻ったら少しは気分や食の改善もあるかも知れないと判断された。そして、四、五日という条件で自宅へ戻っていった。

出張から戻った晴朗は、患者の帰宅を認めた年上の山形に、なぜそんなことをしたのか、と強く問い詰めた。居合わせた看護師が震え上がるほどの様子であった。それは新人の看護師が一人の患者に薬の量を間違えて投薬した時、烈火のごとく叱りつけて以来のことであった。

けれどもあの時の南実子は、他の医師が受け入れなければ何をするか分からないほどの頑《かたく》なさであった。

夫の仕事は多忙をきわめていて、病院にいる間も南実子に面会することは少なかったのだが、彼女が家に戻った間も、困ったことをしている、と思いながらもどこかで安心もし、増えてゆく夜のつきあいもあって帰宅も遅かった。そうした理由もあってか二人が顔を合わせる機会はそう多くはなかった。

南実子はそのことにどこか安堵をしたが、同時に咎《とが》の意識がわいてくることも分かっていた。春樹だけが何の混じり気もない嬉しさを表して、母親の周りを飛び跳ねて騒いでいる。南実子は春樹との時間に、母親としての喜びを改めて嚙み締めた。そして、自宅での静かな時間は彼女にかつての幸せな時間を僅かながらも思い起こさせる力を取り戻してくれた。そうした中感情が鎮められてゆき、晴朗と出会う前自分は確かに幸せだったのだ、現実の、平凡な幸福というものに浸ることができていたのだ、と南実子は思った。

五　婚約者

一年前の五月、家の近くの公園へと続く道の両脇の木々の緑はひたすらに美しく、春樹の手をひく南実子の心を打った。

木々のエラン・ヴィタールは、樫本大進のヴァイオリンを初めて聞いた時のように南実子の胸を震わす。

サントリーホールの一階の席はほぼ埋まっていたが、三階の勾配が急になった席はさほどでなく、南実子の横の席は空席であった。

シベリウスの協奏曲ニ短調を始めようと、若いピエタリ・インキネンの指揮棒が振り下ろされるやいなや、南実子の全身は樫本大進の弾いた最初の弦の音にこみ上げるものを感じた。そして一分も経たない中に、体は熱くなり、涙さえこみ上げてきた。音の伝達は瞬く間に体の奥底にまで到達した。あの時の感覚が時折蘇る。


木々の繁る公園は人間の方がそこにいるのが場違いにも感じられる。雨の日、雨粒が葉を打つ音に耳を澄ます。その時、聞く者の細胞が一瞬の中に耳をそばだて、全てが瑞々しく蘇る。葉らはことさらつややかに胸に響く。雨傘にあたる、ぽつぽつという弾く音さえも、リズミカルで軽やかに聞こえる。

けれども今、木々も自分も呼吸すらしていない。木々の呼吸は無論止むことはないはずなのに、こちらが息をしない時相手はそれに呼応し、静まり返り、ただの緑を帯びた棒の如くに立っていた。

あの木々の輝きは一体どこへ行ってしまったのか。どれほどの立派な木々を見上げようと、美しい花を見つけようとも、もうどこにも南実子の心を震わすものはなかった。

田所は百人近い従業員を束ねていることもあり、とりたてて人間性に欠陥もなく、むしろ過去の彼の業績からすれば人格者に近いともいえよう。そうした夫に、南実子はいつどこで不満を覚えたのか。それとも妻という役どころからしか見ることのできない、夫としての重大な瑕疵を見つけてしまったというのか。

南実子はそれを探そうとしたが、それは単に徒労に終わることは初めから分かっていた。それがあれば、そうしたものを素材の悪い安物の盾として、どれほど自分の心持ちを楽にしてくれるだろう、と南実子は思うのであった。

確かに社長室の女性秘書との日常の仕事関係は、多少親密に過ぎたかも分からない。考えてみれば、夫は家にいるより会社にいる時間の方が長かった。それは経営者として当然のことでもあった。そして、秘書というのはその仕事柄全てに気を配り、他の社員よりも上司に親身にならざるを得ず、元々そうした性質を持っている者が適しているのだ。しかも彼女はそうした仕事に必要な性格以上に、生まれつき親切な女性であった。彼らは時に妻という存在よりも上司と長い時間を過ごす。中にはあっさりと特別な関係に入るという話も世間には聞くが、そんな根も葉もない噂話が南実子の耳に入った時、夫はそれを一蹴した。それにその秘書も昨年結婚をした。

田所には世間一般からすれば学歴や学問というものはなかった。むしろそういった方面に自分から進んで行こうとはしなかった。二代目としての見栄などというもので大学に行くつもりもなく、社会というものに早く出て行きたかった。

そして彼の思った通り、世間は彼ががむしゃらになれば、それ相応のものを彼に返してくれ、才覚には富を、真面目さには信用を、という形で、田所が身を粉にして捧げたものは彼のところに戻ってきた。それは彼の望むところであり、自尊心を満たしてもくれた。

ある時、南実子は夫に夢を聞いた。立派に会社を経営し、すでにそれを達成したかもしれない自分より一回り以上年上の一人前の男に、なぜそんなことを聞いたのか、南実子はよく覚えてはいない。

「夢？　そうだな。夢というよりはまずは会社を存続させていかなくてはならない。だから、社長業を続ける、ということだな。引退したらハワイででも暮らして、ゴルフ三昧だな」

と、彼はお茶を口の中でブクブクとさせながら言った。

南実子は時折、食事の作法をやんわりと注意する。たとえ、そうした積み重ねが日々の中にあって、妻というものに、少なからずの嫌悪を抱かせ、それが増大しようとも、この答えにどこかおかしなところがあるだろうか。実業家として、経営者として、そして人として当然のものであるだろうし、家庭人として模範的なものだ。

その時、南実子は失望、というはっきりしたものを感じたかどうかを覚えていないが、ただ夫が一瞬、遠くの存在に感じられたのだった。その時のブクブクが、より遠くに行かせたのか。では、究極の靴を一足でもいいから作る、世界中の子供の足に靴を、といった理想に満ちた答えが南実子を納得させたのであろうか。いや、そのような答えを持っていないことを知っていた。そして、それは落胆でもあった。

南実子は自分にも分からずにいた、自分のざわついたものはそうしたものから来ているのでもない気がした。もう少し大きくて緑色が深いエメラルドが欲しい、もっといい車が欲しい、という欲が自分の中にあって、それを手に入れたなら、自分自身の隅々までが充分に満たされるのであれば、どれほど救われるだろうか。それゆえに、彼女は自分が覚えたわけの分からない、自分の中にわくそうしたものに、夫には決して分からぬように憎悪さえしたのであった。

この日常を肯定していることを南実子は自分でも知っている。けれども、得体の知れぬものが自分の中にあった。それは自分の中の見知らぬ渇望というものであり、それに気づいたのか。もしそうであるのなら、結婚生活の中で、この上もない不幸に違いない。

人の奥底には何と底意地の悪い欲望が潜んでいるのか。一体、彼女の奥底は何を欲したというのか。顔を見せぬそれに南実子は震えを覚えた。

誰もがささやかな、あるいは大いなる欲望の下に生きている。現実を見据え、器用にそれに対応し、生きる。それこそが堅実さを生み、社会の秩序を形成してゆく。規律正しさと、多少の能力と、それに伴う運があれば生活に不足のない富をも生む。

そして妻の中の何人かは、たとえ経済的には従属的であっても、夫によって日常のささやかな、消費される欲望は満たされる。結婚をしたばかりの頃は充分に、そして長い年月を重ねても、稀に性的に満たされることを知っている。そして、それは柵を越えないよう夫によって守られるという、何と幸いなことか。夫婦の、家族の、という単位の秩序を守る為に、それで生きてゆかなくてはならない。

そうであるはずの、日常の肯定すべきささやかな欲望を超えて、正体の分からぬ渇きを南実子はその時内奥で感じた。会社を存続させ富を得ようとする真っ当な、夫のその答えによって自分の中に潜んでいた摑みどころのない欲望が引き出されたのだ。

金を稼ぎ、富を築くということは並大抵のことではない。金に苦労したこともなければ、身を粉にして金を稼ぐこともなかった南実子には、金の有り難味というものは夫が知っているものとはまるで比べ物にならなかった。

　現実的なその答えが滲《し》みのようにしてこびりついていたのではあるまい、とそれを否定しようとしたが、容易ではなかった。そして同時に、その時の彼女の中に決して外側には現れはしない、抑制しているはずの小さな渇望の乱れというものがあったかも知れない、とも思うのであった。


渡が遭難して一年経っても戻らぬ時、苦しさに耐えようとする心は鉛の塊のようになって南実子にのしかかり、身も疲弊していた。あの時、田所との結婚を決意するのに生まれて初めての妥協をしたのだった。それは、田所の結婚の申し出を受け、もしかしたらそれが僅かながらも心身の疲弊を取り去ってくれるかも知れぬ、という一縷の糸を摑もうとしたのかも知れなかった。

　もし、それが他の誰かにあったとしたら、何の問題もなく肯定されることだ。けれども、自分は渡の帰りを待とうと一度は決意したはずだ。あの悲しみ、いや、意志的な精神のその疲弊に背を向けずに乗り越えなくてはならなかったのだ、と南実子は思った。

　南実子はこの結婚まで妥協というものを知らずにきた。そうした類《たぐい》の自分にとっては、実のところ、あれは肯定されるべきものではなかったのだろうか。彼女が生まれ持った特性とは合ってはいないものだったのだ。渡を、彼の亡骸を待とう、という南実子自身の思いを捨ててはならなかったのかも知れない。

人の理性は、通常、それは尊ばれるもので、前面に出して感情が先立とうとする時、見えぬ盾に使われようとする。けれども、肉体の、心の疲弊は、時としてそれを奪う。それは、人のどこかに棲《す》みついている思いもよらぬ微かな衝動に容易に結びつくことがある。

田所はちょうど、二代目として社長になった頃であった。南実子は社長夫人の居心地のいいであろうソファを一瞬だけ想像し、それをすぐに打ち消そうとしたことを今も覚えている。それを、冗談、と自嘲もした。自分はそういう類の欲望とは縁もなく、そりが合わないのだ、と思っていたはずなのに、自分の中にそうしたものがあったことに驚いた。けれども、社長夫人のソファの座り心地は誰だって想像する、何もいけないことはではない。

けれど、違う、と南実子は遮る。それを想像していいのは、もっと他の誰かではないか、と思った。他の？　そうだ、田所を丸ごと愛してくれる女だ。そうではない人間が座り心地など思ってはならなかったのだ、と南実子はそれを逃げ道のように作り上げた。もうこれ以上、逃げてはならないというのに。

だが、と再び短い時間の中に、巡らされた思いを否定する。たとえそんな小さな、けれどなかなか消えない滲みがあろうと、六年間という時間が作り出したはずの互いへの情、それは温かで、人が生きてゆく為に欠かせないはずのものだ、この上なく大切なものではないか。それがあればいいではないか。それが惰性と呼ばれるものとなろうとも、誰が構うものか。世間はおおよそそれで回っている。それを捨て去ろうというのだろうか。それこそ、現実というものに対する傲慢というものではないか。

けれども、仕掛けられたわなから逃げられない子うさぎのように、どうしようもなかったのだ。渡が再び現れた彼の驚きと、そしてあの晴朗の、僅かに哀しさを持った双眸の輝きが、今までの時間と、あるべきはずの妻としての理性とを、木っ端微塵にしてしまったのだ。

意識などせずとも、良識を保ち守ってきたはずの倫理を、あの時無意識にもあっけなく逸脱したのだ。

そして、南実子は再び闇におちる。私は、確かに良識を持っていたはずだ、錯覚してしまったのは私だ。そして輝きを受け取ってしまったのも私だ、私がいけないのだ、と呟いた。そして、渡への忘却が決して完成していなかったのだ、と思った。同時に、夫への愛情というものが不完全だった為に起こってしまったのだ、と自分を何度も責めた。

「あなたは夫という存在を心底、愛していたの？」と、問いながら、愛するということはどういうことなのか分からなくなってゆく。愛情があったという記憶に不信さえ抱く。

人を愛するというのは、自分の命を賭すことができるということなのか。夫の死に沿って、死ぬほどの深い愛情と潔さが妻になくてはならないものであるか。夫や妻というものが、それ程のものなど求めているわけではない、と分かっていながら、南実子は問うた。

夫婦が同様の哲学、いや、そんな堅苦しいものではなく、同じ方向へ向かって生きようとする時、それは降りかかる困難をも乗り越えさせるのでは、とふと見知らぬものへの憧れに似たものを思った。

渡が山から戻って来なかった時、いつまでも待つ、と一度は何ものでもない自分自身に誓ったが、時が経つにつれ、忍耐に体がついてゆけなくなった。自分は自分に負けたのだ、と思った。

あの時、確かに聞こえた、と思っていた渡の「新しい時間を進むのだ」という声は、自分に都合よく作り出した幻聴であったのか。あの時、南実子の心は確かに渡に残っていたのだ。忘却の第一の扉を開ける為に、渡の言葉と共に、彼の死を受け入れることに対する肯定、というものが未完成であることを知りながら、それを、押し寄せる悲しみの防波堤のようにして、南実子は夫との結婚に進んだ。

精神的な傷を、時間と物理的なもので癒やすことができる、と思った。そして、フィレンツェで全てを封印したのだ、と自分に思い込ませることでその選択は正しいのだとずっと思っていた。

けれども、時は、恐らく自分を許してはいなかったのだ。待つことのできなかった私が悪いのだ、後、一年、いや半年待ったなら、こんなことになりはしなかった、と、確固たる根拠もなく思った。

待たないことは自由であり、そして待つことも自由であった。私はその貴重な自由を放棄してしまった、と南実子は呟いた。

一人の男を思い続けるということなど、日常の瑣事《さじ》が、一人の女の感情をすり減らし、鈍《なまく》らなものにし、ある日、まるでなかったことにすることもできるかも知れない。渡を忘れようとしたように。

けれども、図らずもありきたりな日常の生活から隔離され、自己の残りの命に向き合うことになった時、それは真実ではないことを知った。

病は肉体を蝕む代わりに、精神を研ぎ澄ませてしまった。

その研ぎ澄まされたものは、南実子に様々な新たな思いを生む。南実子はもし晴朗が新しい治療法をしたいというのであったら、自分は進んでそれを受けるだろう、と思ったことがある。患者をわずかでも危険に陥れることなど晴朗がしないことを南実子は知っている。けれども、自分は彼の為に役に立ちたい、それを厭《いと》いはしない、と思った。

夫に抱いたことのない、そうした思いが南実子の中に湧く。描きかけの絵を切り裂いたはずの南実子は、晴朗の為ならこの命を賭けることができる、と無意識の中に呟いた。

けれど、同時に今自分が願っているのは、自分をこれほどに苦しめる男の、晴朗の、死でもあった。目の前から消え、それが何日か何ヵ月か続く。やがて記憶から薄れていき、そして、遠ざかり、消えてゆく、という、自分の記憶の中での死を、晴朗に与えるのだ。その独り善がりの身勝手さで時間を繋いでゆくのだ。

晴朗と出会ってしまったことは、時への冒瀆が招いたことなのではないか、突然に、全ての時間は無駄ではなかったのか、と南実子は思った。渡と出会い、彼を失い、夫と結婚しそして晴朗と出会う。こうなった理由《わけ》を求めた。けれど、見つかるわけはなかった。そして、それらの全てがふいに無為に思えた。

あらゆるものが過去という時の中に沈んでゆこうとする。


瑠璃はこの前、南実子の口から出た、魂という言葉をはなから否定したことを後悔していた。あの日の帰り道、本屋に寄って、肯定の答えを見つけ出そうし『魂のライフサイクル』

は瑠璃を納得させた

（西平直）という本を見つけ出した。

〝連続した霊（精神）、他方に、断続した肉体、その間を取り持つのが魂（心性）〟という文章。自分が魂というものを語るには知識と経験は全く不足していたが、この言葉は瑠璃を納得させた

氏が書くように魂とは、肉体を失おうとも、人の目に映らずとも、何処かに在るものだとしたら、それは、肉体を有する者と、失った者との、かけがえのない尊き架け橋になるのではないだろうか。瑠璃は橋梁デザイナーとしてもそれを深く思った。

病の床にある南実子に対して、瑠璃はもう少し聞く耳を持たなくてはならない、と思い直し、それから三、四日して、再び病院に南実子を訪ねた。けれども、そこには南実子がいなかったので、彼女はすっかり驚いてしまった。聞けば、強引に家に帰ったというではないか、最初にわき上がった心配など吹き飛び、瑠璃の中にはいつもの彼女の怒りがわいてきた。

なぜ、南実子はもっと体を大事にしないのか、瑠璃には理解できない。今日はたとえ病人でも意見してやらなくてはと、意気込んで南実子の自宅を訪ねた。

「どうして急に戻ったりしたの？　もう治療が済んだというわけではないでしょ」

と、瑠璃は少し語気を強めて南実子に言った。

「ごめんね、ごめんね。心配かけて」

と、南実子は繰り返した。

瑠璃は南実子の項垂れた姿を目の前にか細い声で、ごめんね。という言葉を聞いた途端、意見などできなくなってしまった。

今日は、魂の話をして、彼女の心に歩み寄らなくては、と思いながらも、それもできそうになかった。いつものように、どうにも南実子はあまり話したがらない様子であったので、瑠璃は立ち上がると窓の外をしばらく眺めていた。

「私、あなたが羨ましい」と、南実子が瑠璃に背を向けたまま言った。

それは唐突な言葉だったが、人が心の底で思っていることを口にする時の真面目さのこもった口調だった。

えっ、と瑠璃は驚いた。南実子がたとえ病床にあるにしても、会社を経営する裕福な夫がいて、心からの愛情を注ぐ子供がいる。生活の心配などもない。病気が治る、という可能性だってないわけではない。自分の健康のことを言っているのだろうか、と思った。

「私の何が羨ましいというの？」

「あなたが、かつて常に抱いていた欲望が羨ましい」

けれども、欲望は誰にでもある上に、人それぞれではないか。そのどこが羨ましいというのだろうか。

「私の欲望のどこが、羨ましいというの？」

「だって、掴みどころがあるじゃない。だから、それは性質《たち》のいい欲望だわ」

「どういうこと？」

「私のはね、性質がわるい」

「いいえ、私のだって、以前は、欲望を越えて、グリードそのものだったわ。それは人から見れば、貪欲過ぎて、むしろ掴みどころがなかったものかも知れない」

「それは始末のいいグリードよ」

グリードに始末がいいも悪いもない、と思ったが、確かに行き先があった。

「私のはね、哀しいわ。始末に負えないもの」

そう言って南実子は遠くを見た。

もう止めよう、この思いを止めなくては、と幾度も考える。けれども、いつも、止める為の熱烈さを欠くのだ。どのような時にも、たとえ冷静を保つにも何かを止めるにしても、冷静さ以上の熱烈さは必要だった。しかし、その熱烈さを体力が許さなかった。

「深くて、黒々としている場所、どこまで行けばいいかわからない。そこから抜け出すことができるか分からない。それとも抜け出すことはできないかも知れない。それに、抜け出すには、勇気がいるわ。でも、今の私にはその勇気と力がない」

一人の男がいて、彼には有名な画家の婚約者がいる。そして男を人知れず慕う女がいる。その女には夫と子供がいる。それらの配置に間違っているのは、その女なのだ。

けれど、感情が叫ぶ。この邪なものに南実子は一人、顔を手で覆う。南実子を苦しめているものは、瑠璃がどんなに想像しようとも見えないものであった。

南実子は時が早く進んで欲しいと思った。それは、晴朗と永遠に会わなくなる日に近づくことでもあった。

夫と春樹の為に長らえる命を求めて治療を始めたはずであった。それだというのに、手に入れたのは苦しくて張り裂けそうな胸であった。

六　通い合う心

南実子の頭からは、愚かな、と思うものの、ウイグル族の王族の女のことが離れずにいる。自分がそうしたことをしてしまうのではないかと思うのだ。我が身の奥底にあるかも知れない衝動に怯える。

感情というものは手に負えない。前の日の、あるいは何日か前に起こったことに後悔し、あるいはそれでよかったのだと肯定もし、全く落ち着きがない。そして、身体の状態がよい場合、元々あった善いものは更に高められてゆき、そうではない時は、よからぬ場所へ向かおうともする。そうした場合、人は自己の存在を矮小に完結する方法を思いつくことがある。このまま全てを終わりにしてしまおう、という愚かしい手段の選択に傾き、そうしたものを本能的に準備する。

南実子は自己ではなく、晴朗という相手の死を望もうとする自分を見出し、それは止めようのない本能的なものなのだ、と自分に対して言いわけをする。なぜなら、人が愛する者の死を考えないことはないからと。それは六年という時をかけて情を育んできたはずの夫に対しては抱いたことのない感情であった。

晴朗がこの世界からいなくなれば自分の苦しみも去る、という考えが南実子を虜《とりこ》にする。慕う気持ちより、苦悩が勝ってゆく。

南実子の中に偽りの皮をかぶった歓喜がわく。あの人を、二度と出られぬ無の世界に閉じ込めてしまえば、あとは自分の身を静かな時間の中に埋めてしまえばいい。その時、もしかしたら生者は死んだ者たちを、生者の心のままに操ることができる。後は人知れず泣き過ごせばいい。

その中《うち》に時が一切合切をなかったごとくにし、何も思い出さずにすむ日がやってくる。忘却は時が人にもたらす中で、最も信頼に足る友だと信じながら日々を送ればいいのだ。そしてある日、今までの苦悩が徒労だったのかと思うほど、嘘のように全てが晴れ晴れとしたものへと変わる。

その日の来ることを思って、よろこびにうち震える手に想像の刃を持ち、晴朗の胸にそれをおろす。あの人がそうした存在と化せばいいのだ。そして、記憶は、自己の命令による意識の先導で、あれは幻想だったと変わってくれるだろう。

心など映しはしないはずの南実子の像は、鏡の中に陰鬱に沈む。彼女は、晴朗の死を一瞬でも真剣に望んだ自分の歪んだ心をどうにか立て直そうとしたが、その歪みは益々大きくなり、彼女の白く柔らかな皮膚の真下の寸前でとどまっているのか、もうそれが滲み出ているのか、虚像は沈黙する。

その時、雲間から現れた夕陽が鏡に反射し、その光は鏡の中に己の心を反映している黒々とした像を見た。

「何ということを考えてしまったのかしら。晴朗先生の死を、などということを」

と、唸るような声をしながら手で顔を覆った。以前求めていた狂気が忍び寄った為だったのかどうか、南実子にはきちんとした判断がつかなかった。

そんな不安定な中、一通の手紙が彩から届いた。

「南実子、いかがお過ごしですか？　私は今、石巻にいます。ここに立って、三月十一日のことを思っています。一万五千人以上の人々が亡くなり、いまだ数千人が行方不明になっています。人が、この地上に祝福されて生まれ出て、そして、その生を突然に終わらざるを得なかったことがこれほどに惨《むご》いと思うことはありません。言いようのない深い悲しみの中に遺された人々は何の為の生であったのかと、血の滲むほどに唇をかみしめます。

でもね、生まれてきたからこその死であると私は思い、そして祈りたい。

私は霊能者でも巫女さんでもないから、人々の魂をそう易易《やすやす》と感じることはできないけれど、今、必死に彼らの声を想像しようとしている。そして、自分にできることを考えている。そして、もうこれからはこの命と与えられた時間に対して一言だって愚痴なんかこぼさない、って決めた。この地面に立っていることのできる有難さと喜びを感じている。

両親を失った孤児は百八十一人もいることを知ったわ。一人でもいいから手を差し伸べることができないか、策を探そうと思っている。

これから先、予測できない天変地異が起こり、抗うことのできないものもあるけれど、守れるものもある。そして私たちは更に自然に対して、心からの畏れと崇拝を抱かなくてはならないと思う。

あの同窓会の時、あなたが、私のことを理解してくれようとしたこと、今でも忘れてはいない。でもね、もう私のことは心配いらないわ。やりたかったことがあったと、過去を惜しむ時は終わったの。もし誰かが私に手を握って欲しい、というのなら私は、この手を差し出そうと思う。

私は今まで社会に対して憎しみなどというものを抱いたことはなかったのだけれど、あの原発事故を防ぐことができず、その初期の処理が決して適切ではなかった電力会社、いえ、幹部の人々を許すことは難しいことだと思ったわ。

今、ようやく処理水の放出がスタートし、前進しつつある。幸いにもトリチウムが不検出であったことは海域の人々にとって本当によかった、と感じる。

ただ、デブリの取り出しはいつになるかは分からない。

それにね、私、息子が集めた記事のスクラップを開いて、少しだけど勉強したの。そこには〝以前から津波による（原発）事故への警告を受けていたにもかかわらず、それらを真剣に受け取らず、何の対策もとらなかった〟と、あった。

そして、あの時、現場の人々は必死で闘った。その間、会社の上層部は都心の居心地よいオフィスにいて、現場になど行きはしなかった。それが会社という組織の、そして責任ある人々のあるべき姿なのかしら。

先日、テレビで誰かが言っていた。３・11以降、変わるべき人々が変わっていないと。罪を認めようとしない裁判での様子からもそれが分かるわ。」

二〇一一年三月十三日付　信濃毎日新聞には、神戸大学名誉教授・石橋克彦氏が次のように書いている。

〝私は、地震による原発事故と通常の震災が複合する「原発震災」のおそれを１９９７年から警告し、07年の新潟県中越沖地震による東京電力柏崎刈羽原発被災の後は、その危険がさらに明白になったことを強調してきた。今回はまさに原発震災だ。（中略）日本国民は、地震列島の海岸線に五十四基もの原発を林立させている愚を今こそ悟るべきである〟と。（原文のまま）

また、同日の同紙には、京都大学名誉教授の、人為的ミス否定できず、という記事がある。

〝今回、炉心を冷却するための緊急用の発電機が動きさえすれば問題はなかったわけで、それは保守・管理など、人為的なミスの可能性を否定できないのではないか〟と。（原文のまま)その非常用の電源は地下に設置されていて、それが水没してしまった。もしそれが稼動してさえいれば、その先の重大事故を防げたかも知れなかった、のだと言う。

二〇二二年六月、司法の判断が下され〝東電に全賠償責任〟という、大きな見出しで次のように報じられた。

「東京電力福島第1原子力発電所事故を巡り最高裁は17日、東電を規制する立場であった国に責任を認めず、賠償責任はすべて東電が負うこととなった」

東電の責任は重大であるものの、原発を管理しているのは経済産業省という国の省庁である。それを国民はどう受け取ったらよいのであろうか。

放射性物質が影響を及ぼしたのは、当然ながら人々へだけではなかった。国立環境研究所は次のように報告している。

〝原発事故によって最も放射能汚染を被った福島の森林率は七十%を超えています。スギやヒノキの樹冠部分への放射性セシウム吸着や収着が生じたことが推察されました〟

そして、

〝セシウム137のホットスポットには風と降水の影響が大きかった。原因は、事故直後、低気圧が福島付近を通過して、風が陸方向に吹いたことで、雨・雪が降った三月十五日、十六日と、三月二十日―、二十三日に、多くのホットスポットが作られた〟

彩の手紙は続いた。

「元原子力規制委員会委員長の物理学者、田中俊一さんを知っていますか？　その方は、事故後、故郷の福島に移住し、原子力を見直しているのだそうです。

これこそが、責任あった人々の、責任を全うしようとする行動であり、あるべき科学者の良心です。そして、テレビの番組でやっていたのだけれど、事故を起こした会社の何人かも、福島に通い、また、移り住んだりして、直接の責任などない彼ら個人の贖罪を続けている。そうした、本当に頭が下がるような行動に移す人々もいる。

でも、幹部はいまだ自らの罪さえも認めてはいない。それって、どう思う？　人として。三月十一日の記事の切り抜きが出てきたわ。お金に踊らされて土地を売った男性は、奥さんを亡くしひどく悔やんだとあった。その顔は正直で、苦しさを堪えた顔だった。

私たちはもう電気のない生活に戻ることはできない。かなりを原子力に依存していた。せめて、どのようにしたら電気の消費量を少なくできるのか、と考える。それでね、ちょっと調べてみたの。
家庭での電力使用は28％、業務が34％、産業が37％。（経済産業省エネルギー庁エネルギー白書２０１８）
高層ビル街の、あの明々とした照明はどうなのかしら？
産業が最も高い割合なのは納得できるけれど、一般家庭の割合が思ったより高い。中でも冷蔵庫の電力消費が高いとあった。一人ひとりがエネルギーをもう一度考え、消費を削る余地が充分にある。

この前銀座に行った時、教文館というビルで『この大地奪われし人々』という小さな写真展をやっていました。今日が最後の我が家、中間貯蔵施設になる、という写真に胸が塞がれました。原発事故の処理の為に、長年住んだ家にもう住めなくなるという想像ができる？
今、盛んに言われている「サステナブル（持続可能な）」という言葉は、これからの自然と環境を考え、人の未来の環境をよりよくし、そして、それは何より、人の命と生活を大切にしてこそのものだわ。この地震の多い国で二度と事故を起こさない為に、他の誰でもない、私たち一人一人が考えなくてはならない。

いつか福島に行き、原発事故についてもっと深く考えてみようと思う。その時は、一緒に行こう。

石巻、日和山《ひよりやま》にて」

ハインリッヒの法則という言葉がある。ピラミッドのような四角錘。小さなミスがその底辺から積み重ねられていき、ついには頂点の最大のミスが引き起こされる。重大なインフラを賄う、優秀な社員を率いる立派な大企業がそれを知らなかったはずもなかろう。

事実を知れば知るほど、あの大事故はどこかで防ぐことができるはずのものであったかも知れない、思わされる。

その後、彩が何かに対して、一つの愚痴も嘆きも彼女の中に生みだすことはなかった。大勢の死者の魂の中に、初めて自らの新たな強い意識を見出していた。そしてもうひとつ彼女が覚えたのは、原発に対する無知であった。

彩が、やりたいことがあった、と口にするだけで手をつけることもしなかった、悔やむだけの時は終わった。

それからしばらくして、瑠璃がやってきた。妙に鼻息が荒い。南実子は彩の手紙を見せようと思ったが、具合は？　と聞くこともなく興奮気味に話を始めたので、瑠璃の勢いに気圧されて、彩の話は後にすることにした。

「あのね、カミュが家を出たのよ」

驚きは良いにつけ悪いにつけ、唐突にそれを聞いた人間の心理状況を僅かの間一変させる。南実子の病の状況と、泥のように行き場を見つけられずにいた気持ちは一瞬吹き飛んだ。南実子はしばらくの間、ぽかんとして瑠璃の顔を見ていた。そして、三人の子供は？　あの舅姑さんの面倒は？　と、聞くが、夫はどうしたの、と聞くことはなかった。

そして、自分に起こっていることをすっかり棚に上げると、カミュのことと残されようとする子供たちのことを心配した。けれども南実子は、瑠璃の話を最後まで聞く前から、カミュの気持ちが手にとるように分かる気がした。

二年前の夏も終わろうとする日であった。カミュは夕食の準備をしていた。家族全員が好きなワカメの酢のものを作ろうとして、冷蔵庫を開けると、胡瓜が一本しかない。隣に住む義父母の分も含めると四、五本は必要だ。義父はこれがないとぶつぶつ言う。彼女はエプロンをしたまま慌ててサンダルをひっかけると、六軒先のスーパーへと駆けた。

入り口近くの野菜売り場で五本入りの胡瓜の袋を摑み一番のレジに並んだところが、新人なのか、もたついていたレジ打ちの女性に向かって、全身の服装がネズミ色をした年配の男性が、早くしてくれよ、と大声で言っている。

カミュは、ああ、と嫌な気持ちになり、別のレジに並び直した。年を取る、ということは若い時には思いもよらなかったことが起こるということだ。器官は老化し、その結果、苛苛《いらいら》し、小さな事に対する怒りの堪え性の低下で、ちょっとしたことにさえ抑制がきかなくなる。髪に櫛を入れなくなったら老人の始まりだ。

カミュは隣のレジで弁当と漬物とビールの入った買い物カゴをさげた背の高い初老の男性の後ろに並んだ。するとその残暑の中に、きちんと薄手の背広を羽織った男性は、彼女が手に摑んでいた一袋の胡瓜を見ると、

「それだけですか？　お先にどうぞ」

と、カミュに言った。

彼女はその言葉に驚いて、いえ、いいです、と応えた。けれども、どうぞと男性はまた言う。先ほど、あんな光景を目にしたばかりで余計に驚いた。そうした年代の人からは今まで聞いたこともなかった、聞くことも予想していなかった、むしろ年輪が作り上げたかのよう

な、ごく自然な口調であった。

大声で文句を言う男性もいるというのに、紳士的だ、と感心し、老人、と一括りにしてはならない、と思った。やはり年齢ではない、性質《たち》とその人間が過ごしてきた時間なのだ、と思い直した。

そんなことを思っていたせいか、その、背が高く妙にヒョロンとした男性はいつの間にか彼女の後ろに回っていて、もう一度、どうぞ、と彼女の肩に手をやった。それは不自然さのない行為であったが、カミュはびくっとした。その手は温かで、冷房の効きすぎた店内で、カイロを背に当てられたのかと思うほど心地よかった。彼女は押されるように彼の前に立った。

支払いをすませてから、カミュは横を向いて軽く会釈した。その場を立ち去る時、彼女は不思議な感じを覚えた。肩から力が抜け、体が和らぎ、もう少しゆっくりおやりなさい、どうしてそんなに焦り、急ぐのですか、そんなに頑張らなくてもいいですよ、と言われている気さえした。来る時と帰る時のカミュの歩調はすっかりと変わっていた。

その翌日であった。スーパーに行った時、あの時の男性が、パックを落としてしまったのか、ころげ出たプチトマトを拾い上げていた。カミュは、すぐに一緒になって拾った。彼は有り難う、と言って彼女に頭を下げた。自分のことなど覚えているのかどうかは勿論分かりはしなかった。

しばらくして、その男性が近所で自分の部屋を開放して哲学を教えていることを知った時、カミュは、納得する確たる理由もなく、やはりそうなのか、と手を打って、悦に入《い》った。恐らく彼の職業から来ているだろうものは、知や学術というものの他には、特別な関心を抱かずにいることができる、という習性かも知れない。だからこそか、そうした彼独自のものであろう余裕は、他者に対する、ささやかであっても、本来人の持つ思いやりというやさしさ、というものをもって人に接することを可能にしているのだろう、と思った。

それができ上がる過程はどうであれ、あのレジでがみがみ言う、老い始めた男性にありがちな怒りというものからは少なくとも離れた処にいた。

ただ、それを知ったからと言って、カミュには初老の男性が哲学を教えている、ということから先のことを考える時間も余裕もありはしなかった。

夫は仕事が忙しいのか、舅と姑の世話を彼女にまかせっきりの上に、最近では彼女に暴言を吐く。世間では、自分の両親を妻が面倒を見ていると、夫は妻に優しくせざるをえなくなるというが、そうとばかりとは限らない。カミュはなぜこの男と結婚したのか、今は全くその理由を見出せずにいた。

幸いにも子供たちが未だ反抗期の手前にいたことは彼女にとっては幸いであり唯一の救い

であった。カミュは時折どこかに逃げたくなる、いや、それでは、戻って来なくてはならないので、まだ足りない。消えてしまいたくなるが、そんなことが許されようがない。それならば、翌朝目が覚めなければいい、とも思う。そうした日々の中で、肩に触れた温かな手は、その現実の行為以上に増幅された記憶としてカミュの中に残った。

ある日、初老の男性は買い物カゴに食料品を入れながら、抱えていた数冊の本を手から滑り落とした。カミュが慌ててそれを拾おうとした時、彼女の目が背表紙の『Paidon』の文字を捉え数秒、その背表紙を眺めた。日本語でだが、ずっと読もうと思っていまだに買う余裕さえない本であった。

手元が不注意で物をよく落とす割にはカミュの関心を見落とさなかった男性は、もしよかったら今度、勉強会に来てみませんか、若い人も何人か来ますよ、と言った。

カミュは頬が紅潮するのが分かった。自分の願望の一片を見透かされたと思ったが、見透かされたことに不快を覚えることはなかった。

それから、舅に口実を作って週に一度だけ一時間、その会に参加するようになった。そうしたことがしばらく続いたが、カミュの一家は引っ越さなくてはならなくなり、その会に参加することもなくなった。けれども、たった半年ほど通った彼女の中には、老哲学者を師と仰ぐような気持ちが芽生え、哲学に対する初心がわき立っていた。

そして、あの会に参加すること、哲学者に会うことを諦めてから随分と月日が経った。時々は思い出すものの、夫と子供たちに淹れるコーヒーやパンを焼く香りやらにかき消され、あと少しでそれらのことを思い出さずにすむところまできていた。しかしそれは完成の一歩手前で壊された。


ある日の夕方電話が鳴り、カミュは胡瓜を薄切りにしていた手を慌てて拭き電話に出た。それは会で一緒であった若い学生からであった。まだ名簿に自分の名前が残っていたのだろうか。

「先生が倒れました。もう、あまり長くはないと思います」

学生は、カミュの立場も考えて、先生が彼女に一度会いたい、と言っていたことを言わず電話を切った。

カミュは翌日もまたその翌日も胡瓜の薄切りを作った。それは今、自分の果たすべき義務だからだ。

三日目、その手は時々止まるようになり、胡瓜は前の日よりも厚くなっていく。冷静になろうと息を吸い込むと、包丁の柄を少し短めに持ちかえて、胡瓜を薄く切ろうとした。けれども胡瓜は薄くなるどころか、ますます厚くなるばかりで、手を切りそうになった。そうして、胡瓜を切っている手が止まった。

カミュはエプロンをはずし家を飛び出すと、あの懐かしい、胸が締めつけられるほどに慎ましやかな、自宅を開放した小さな教室へと向かった。

そして、家に戻ってくると、夫に言った。彼女の持ちうる限りの勇気を振り絞った。

「お世話になった人が瀕死の床にある。二日ほど、自分を自由にして欲しい。いえ、一日でいい」

と、頭を下げた。

「そんな突然の話をご主人が許すと思う？」

説明していた瑠璃が息を吸い込みながら、珍しく目を真ん丸にして言った。

夫は理由も聞かずに激怒して、カミュの顔面を殴りつけた。彼の拳には、家族をどうするのだ、という重大な思いがこめられていた。そして、夫は妻のそうした行動に容易に寛容にはなれないほどに、まだカミュを愛していたのであった。

けれども、今までの夫の言動、その振り下ろされた拳に、誰がそれを分かれというのだろうか。

「カミュはばかだわ、大ばかだわ」

と、瑠璃は言った後、少し間を置くと
「あなたたちは、心底ばかで、ばかで、大ばかだわ」

と繰り返した。

瑠璃は今ほど二人のことを切なく思うことはなく、三人で抱き合いたかった。南実子はカミュの時間は辛すぎる、彼女の行為は許される、と思った。カミュの行動が行き過ぎたものなのかは判断できないが、彼女の気持ちが分かるのだ。

「もし万が一、不条理なものが私の上に降りてきたら、私は今までの自分に決別し、その為に生きるわ」

と、同窓会で言ったカミュの言葉を南実子は思い出していた。


カミュの哀しい勇気に後押しされ、南実子は、なぜ病院から家に戻ったのかを瑠璃に話し始めた。あそこで、何か悪いものにひきずりこまれそうになった、と言った。

人は、体や心が弱ると、何かのきっかけで、それが小さなものであっても、負の方に傾いてしまうことがある。悪のエネルギーは想像以上に容易に人に入り込む。人がそれと融和するのは別段難しいことではないのだ。彼女の言う悪いものとは、自分の心が生み出す闇のことであった。それは未来の光を閉ざしてしまうものだ。

「あの部屋にいたら、私はあの人の婚約者の不幸を、そしてあの人のそれを願ってしまいそうだった」

南実子は病室で一本の刃を取り出して、婚約者に向けようとした。嫉妬は南実子の呼吸を荒くし、婚約者の胸に刃をつき立てようとする。そして、昂ぶってゆく感情が、刃の矛先は晴朗ではないかと、これも見当違いの問いをする。いや、二人にだと、空中で躊躇する。

そして最後に、正しく自らの胸に突き立てようとするが、冷たく硬くなってゆく体に刃は立てられない。

瑠璃は南実子の話を聞きながら、もし自分だったら、と考えようとしたが、想像するには難《かた》すぎた。信理という申し分のない恋人のいる身には所詮無理からぬことだった。

人の良からぬ思いというものは、自らの胸を、首を、締めつけ、相手の時間にまで手を出そうとするものか、としか考えられない。

不安、臆病、嫉妬、憎しみ、そのように名づけられたそれらが人の中で芽生えては消えてゆく。時にはそれらに棲《す》みつかれる。

悪というものは粘着質の最たるものに違いない。人間そのものが、まるでパンドラの箱なのだ。箱の底には、喜びや、明るさ、そして希望もあるのだが、それらは常に慎み深く、奥の片隅に潜んでいる。それらがいつ探し出されて、外に出してもらえるのかと待ち構えていることに人は気づかない。

「負の力にひきずりこまれそうなの」と、南実子は天井を見上げながら言った。

「私、生まれて初めて憎しみというものを抱こうとした。彼らが私に何かしたわけではないのに……」

と、汚れを知らない乙女のように言った。

無実であるはずの晴朗の婚約者、そして晴朗。自分の中の混沌。最も憎むべきは自分自身であり、それが生みだす邪なものであった。そして、自分に振り下ろそうとする拳を胸にあてる度に、憎しみは空虚さを増してゆくのであった。


繰り返すことをやめぬ波光、曙色に染まる空、そして、愛しい子の顔を、何千回、何万回見た。その目で、あの輝く晴朗の双眸を見た。南実子は自分の目が見たことを、揺れ動いた心の軌跡を、悔いる。

そして婚約者という言葉さえ私の耳が聞くことがなかったなら、年端のいかない乙女の持つ純情さが自分に手を添え、苦しさを胸にどうにか生きられたはずだ、と思った。あの時から、あの言葉が私の胸からこみ上げてきて、喉を塞ぎ一口の粥さえも喉を通らなくなった。

「もし、あの人の状況がどんなであっても、ほんの僅か、目になど見えなくても、私のことを思ってくれていることを知るなら、私は病院に戻るわ。もしそれができなくても、顔を少し上げられる」

と、南実子が言った。

「ねえ、南実子、そんなことがないと思っているの？」

と、いつもは妹のようにぷんぷんと怒っている瑠璃が姉のように、優しく言った。

それはあなたより私の方が真実が見えるのよ、とでも言いたげであった。南実子の胸には瑠璃の次の言葉を聞く前から温かいものがこみ上げてきた。

「晴朗先生とあなたは心が通い合っている」

と、瑠璃が言うと、

「それは本当？　本当に？　うそじゃない？」

と、南実子は、疑ってはいないいつもりの子供が、それでも何度も聞きたがるように、真剣に瑠璃の瞳を見つめた。

「人というのはたとえ口に出さなくても、表情や、視線にそれが出てしまうものだわ」

それを聞いた南実子の目には、たちまち涙が溢れ出て、すうっと彼女の頬に零れ落ちてゆく。

もし瑠璃の言葉が自分を慰める為に用意した仮初《かりそめ》のものであったとしても、いや彼女はそんなつまらぬことをする人間ではない、それが事実とは僅かな距離をおいていたものであったとしても、南実子は、心がにわかにほどけてゆくのが分かった。

「あなたたちは心から信頼しあっている。私にはそう見えたわ」

瑠璃が、自分の言葉を確認するかのように言う。

日常から隔離された病院という場所がそうさせるのかも知れない。ただ、そうであっても二人の心の通じ合いが、瑠璃の目にそう捉えられたのは紛れもない事実であった。

今までも誰かを思ってきたはずなのに、まるで生まれて初めてのように辛い思いをしている友人がここにいる。深刻なものに陥ってしまった大切な友人を、その泥濘《ぬかるみ》から引き上げようとして、先ほどの言葉を慰めで言ったのではない。

晴朗に婚約者がいて、それも南実子と同じように絵を愛し、筆を持つ。その事実は南実子を切りつける。

切りつけられても体力のある時ならばその傷は時が癒やしてくれるだろう。けれど、南実子には恐らくその時間はあまりない。その限られた時間の中で、現実の中にある事実と到達しようとするいまだ見ぬ真実との間が埋められるかも知れない、瑠璃はそこに一縷の望みを探し出そうとした。

事実から目をそらさず、けれども、心の奥底にある真実を希求しようとするならば、そこから何かが生まれるはずだ、必ず何かが。そして、ありとあらゆる拮抗から生まれる新しいものは決して人を切りつける刃は持たない、と信じた。


瑠璃は病院で聞いた、晴朗の、母親に対する思いを静かに話し始めた。最期にただのひと言も交わすことができなかったことへの悔恨が、いまだに彼を去らないでいるのだという。

「細面で、目が美しい人だったそうよ。なんだかあなたに似ているわね……。きっと……」

と、瑠璃が言いかけると同時に、南実子は声を上げて泣き始めた。

嗚咽はしばらく続いたが、それが鎮まってゆく中で、南実子は閉じようとしていた心が、瑠璃の言葉で開けられてゆく気がした。

小さな光の結晶の一粒が彼女の中に芽生え、その小さな粒が、この時を待っていたように彼女の心を照らし始めた。あの人が苦しんでいる、きっとそれは私以上のことだ。そうだ、私はあの人の、一筋でもいい、光になることができるだろうか。いいえ、あの人がそれを望もうと望むまいと、私はそれになろう、南実子の心は立ち上がり、そう思った。

人は人生という限られた時間の中で、大概は、授かった能力を元手に、自分の活動範囲と心の持ちようによって道を歩む。そして時間が、人生が、限られたものであるという事実を確実に体で察知できるようになった者には、過去を愛しむことが愚かなことであり、いまある時間を大切にしなくては、という、この上なく重大な分別が与えられる。

今までは、頭一辺倒で受け入れていたのが、もはや頭を素通りするかのように、それまで潜んでいた初めての感覚で、体があらゆるものを受け取る。それは、過去という意識を改めて持つことのない動物となってゆくようでもあり、隠されていて、ようやく顔を覗かせる、人の本能とでもいうものかも知れない。

苦しみと邪悪さで強張っていた指が、一本一本、解かれてゆく。南実子は今までに経験したことのない思いを持ったが、一体それが何ゆえ、何の為のものなのか、この時まで答えを知らず、誰も答えてはくれなかった。けれども、

「あの人に会うことがなかったのなら、私のこの苦しみはなかっただろう。けれど、あの人と出会うことがなかったなら、今の私はいない」

と、きっぱりと言った。

南実子の表情が別人のように瑠璃の目に映る。これで少しは食べることができるかも知れない、と瑠璃は安堵した。そして、彼女はバッグから一冊の本を取り出した。

「ずっと昔、カミュから貰った本が本棚の奥から出てきた。なぜこの本をくれたのかしらね。人は純粋に生きなくてはいけない、という彼女のメッセージだったのかしら。昨日、この中に素晴らしい一節を見つけたわ」

と微笑みながら、有島武郎の『惜しみなく愛は奪う』を開いた。

瑠璃は南実子の思いを最初、全く理解できずにいた、どうあっても賛同すべきではない、と思っていた。それが世間というものであり、どのような状態であれ、人の倫理というものだからだ。けれども、あまりの南実子の真剣さと苦しみ、そして残された時間の短かさゆえ、そうした分別を押しのけ、今、南実子の力になろうとしていた。

瑠璃は六十九ページの一節を読み始めた。

〝愛するということは人間内部の至上命令だ。愛する時、人は水が低きに流れるが如く愛する。そこには何等報酬の予想などはない。その結果がどうであろうとも愛するものは愛するのだ〟

瑠璃は文字がぼやけてきて、それ以上、ちゃんと読むことができない。横たわり聞いていた南実子は、唇を震わせながら、白く透明な両頰に涙を流れるままにしていた。

自分に背信という文字を着せようとしていた南実子は、もはや自分自身に不誠実でいることが、自己を裏切ることなのだと思った。

そして、自己に正直になろうとして、行動に出てしまったカミュのことを思った。

「カミュはばかだわ。私以上にばかだわ」

と、南実子が言うと
「二人とも大ばかだわ」

と、瑠璃が言った。

「カミュのばか、ばか、ばか。大ばか」

瑠璃の口癖がうつってしまったように、南実子が言う。自分とカミュと、どっちが大ばかなのかわからなかったが、南実子はカミュの苦しさと哀しさを思うと、それしか出てこなかった。


二人はカミュに戻ってきて欲しいような、欲しくはないような、どっちともつかない気持ちだった。

「近い内に、カミュの所に行ってみるね。心配しないで」

と、瑠璃は母親のように、南実子の手を優しく包んだ。南実子はその手の温かさを至福のものに感じた。

南実子は同窓会の話を瑠璃にした。あの時、自分はもう誰かを好きになることなどない、絶対に、ましてや出会いなどあるはずはない、とカミュに言った。それに対して、彼女は絶対、などということはこの人生においてない、と反論した。

そして、今、人生に絶対、ということがないことを南実子は知った。夫以外の人に思いを寄せることは、秩序と倫理という大切なものを尊ぼうという者にとっては、あってはならないことであった。

人の思いは何と傍若無人なものであるのか、そして、何と自由なものか。思いは徒に自らが行動に結びつけない限り、そう簡単には侵食されることなく、独立した至高のものであった。

南実子はベッドに繋がれ、社会的には田所の妻である、という見えぬ鎖をつけ、そして、何ものにも代えがたいことは、春樹の母親ということである。前者には、いまや義務となってしまったものを、後者には愛情が錬金した本能を、体の髄は覚えている。

今の自らの気持ちに沿って前に進もうとするには、勇気が必要だ。けれども、これ以上進んではならない、という理性もある。こんな時、勇気の手助けなど要らぬ。持ち前の臆病の出番だ、と南実子は思った。

そして同時に、南実子は自分の心が自由になってゆくのを感じずにはいられなかった。世間的には豊かであったはずの時間の中で、過去にこうした自由を覚えたことはなかった。

それは、ずっと求めていた真実の思いに近づいたせいなのか。もしかしたら、人に与えられた限られた時間と空間が終わりになりつつあり、そこから自己が解放されてゆく兆しでもあるのだろうか。

「私は、これからはもう晴朗先生のことを思っていないふりをしなくていいのね」

と、南実子は細い喉からその言葉を二人の空間に押し出した。そうよ、と瑠璃が受け止める。

「南実子、あなたは充分に苦しんだわ。もう心のあるままでいいのよ」

その言葉に南実子の目に再び涙が浮かんだ。

「これから殻を脱いで蝶になるのよ。誰も見たことのないほど、美しい生き物に」

と、瑠璃は南実子に精一杯の微笑を送った。それは、南実子が今まで見た瑠璃の表情の中で、一番優しいものであった。

「今までは、時が経つのが嬉しかった。なぜかって、時が過ぎて行けばゆくほど、私にとって、あの人を思う体と心が消えてゆく日が近づくことだった。でももうそんなことを思わない。たとえ僅かな間であっても、あの人のことを思うことができることは心底嬉しい」

瑠璃は、ばか、と言いながら、彼女のこの先の思いを肯定する思いで南実子を抱きしめた。

そして二人は再びカミュのことを思うと、我慢できずに声を上げて泣いた。

「人を好きになるって、不思議なことだけど、相手の中に潜んでいる未来の光を本能的に感じ取ってしまうことなのかしら。そして、それが知らずして自己の中を照らすことなのかも知れない。

同時にその光は各々の過去を瞬く間に踏み越えてしまうのよ。そして、その踏み超える力を、無意識の中に、それを、信じることなのかも知れない。

それは多分、誰もが心と頭が持っている本能に従って、読み取ってしまうものでもあるのだわ。誰が何と言おうとも」

と、瑠璃が言った時、南実子はただ彼女の顔を見つめていた。

「私はあなたの思いを最初は否定しようとした。だって、いけないことだから。でも、時が経つにつれて、あなたが見た晴朗先生の中のその光は少しずつ大きくなっていったのだと思う。

そして、晴朗先生もあなたに母親の面影という、封印しようとしていた、そして、消し去ったはずの光をみたのかも知れない。

光というものの輝きは、本人にも受け取る人にも誰にも止められないものだわ。

光が交錯したのよ」

瑠璃が帰ると、南実子は晴朗から遠ざかろうとしたはずの心が、晴朗に近づいてゆく感覚を覚えた。そして、今まであった時間を思い返した。狂ってしまおうとか、あの人の死を願おうなど乱暴で卑怯なことだった、と思った。それは南実子を哀れむ何ものかが、彼女を、経験をしたことのない場所へと手を引こうとしていたのかも知れなかった。

望んだはずの狂気に近かったものは今、彼女を去ってゆく。自分の体の中で、うろうろとしていたものが消え、新しい時間が何かを生もうとし、新しい音がする、今までの煩悶が今度は息吹のような答えさえ見出す。

全てを失ってゆくのではないか、と怖れる中で、死という、限りなく無とも思われるものに近づいてゆこうとも、完全なる無などあるのか、と南実子は思った。

死、というものが無であるだろうという観念と、無ではないかも知れぬ、という一縷の思いが一人の人間の中で烈しくぶつかる。

命の灯火が細くなってゆくのとは逆に、南実子は精神が自由になってゆく気がした。

太陽の光が窓からさしこんで、南実子の顔と姿とをなぞる。足元さえも、真っ暗闇の中で、自分の気持ちの行くべき先の階《きざはし》の一段目にようやく触れた気がした。彼女の中で、苦悩であった時間と引き換えに、一途な思いが高まってゆく。それはもはや何ものにも侵されがたく感じられた。

人を思う、ということは一体どんなものなのか。「信じること」とイリュージョンは類似している、と脳科学者が語っていたことがうすぼんやりと記憶に残されている。けれども、この似て非なるものを隔てるものは、覚悟というものかも知れない。

予想よりずっと早く、我が身に重大な時が迫り来ることに気づこうが、信じるということしかできない。そんな風に生まれついてしまったのか。摑んだ、と思うと、それが錯覚であったかのように、するすると零れ落ちてゆく。

それは、永遠に求められないものを求めようとすることに似ていた。その繰り返しの行く先を、今、肯定することができた。

そして、人を思うことができない苦しさより、こちらの苦しさを選ぶわ、南実子は呟いた。彼女が信じて見つけ出そうとする世界はささやかで、すぐさま消えゆくものだろう、けれど、たとえ人の目に見えずとも、それは一人の人間の中に存在をしているのだ、確かに。

夫ではない人へとわいた思いは、南実子の体と心とを蝕んだ。その苦しみは、心と身を引き離そうとした。そして、南実子はそれを一人で引き受ける、いや、そうしなくてはならない。

人はどれほどの時間を手にすることができるのか、けれども、それが想像を超えて長いものであろうと、感知できるほど少なかろうと、それがどうしたことであろう、今、意識することができる、それだけで充分であった。

南実子は自分を信じることを始めた。偽ろうとしていた心が「信」の中で消えてゆく。明日、手紙を書こう、一通目は夫に書かなくてはならない。たとえ、田所と南実子には〝精神というものを交わす時間〟いや、その糸口さえもなかったとしても、この義務は南実子の時間が生み出した中で果たすべきものであった。二通目は春樹に、三通目を晴朗に書くのだ。そうやって南実子は自己を解放する準備を始める、と思った。

そして「私は勁《つよ》く生きるわ。その日まで」と、呟いた。小さな、けれども、一人の女にとっては重大であった、理不尽さがなぜ、この自分を目掛けてやってきたのかを、できうる限りの必死さをもって考えた。それは理不尽さと自分との闘いにも思えた。

私は勝たなくてはならない、と生まれて初めて思った。理不尽さは、何を目論んでやってきたのか、とふっと笑った。私は過去に何かと闘ったことがあるだろうか、いや一度もない、そして、今こそ負けてはならない、と決意をした。

南実子の頬には涙が流れてゆく。それは晴朗への思いを肯定することができたこと、そして理不尽さと自分との闘いをする準備ができた歓びの涙でもあった。その涙と比べるのなら、過去に流した涙など、涙ではなかった、と思った。

理不尽さは強靱な人間のところにやってくる、というものではなかった。やってきて、試すかの如く、人を勁くするものであった。

もう一度、人生を選ぶことができるのなら、晴朗に出会うことのない人生ではなく、出会う方の人生を選ぶだろう、と南実子は思った。どれほどに辛く、苦しくとも晴朗は私という存在にとって光なのだから、と彼女は呟いた。

友人よりも密接に、そして、恋人よりも永遠に。報われることのないものに、南実子は心を投じてゆくのであった。

あなたと会う前の時間は、今はもうぼんやりと不確かな輪郭しか持たない、と呟く。同時に誰でもが内包する死というものを、南実子はすぐ近くに感じていた。

七　告白

晴朗は婚約者の美枝の家族と食事を始めようとしていた。彼女がつい最近南フランスで買ってきた、「メドック・一九九九年」の赤ワインが注がれたグラスを取り上げようとした時、晴朗の携帯が振動した。

晴朗は、全員の自分への視線を体全体で感じながら、それらを彼の中ににわかに生じた、緊急時に覚える重大な感覚でささっと振り払い「失礼します」と一言だけ言うと、席を立って廊下に出た。

そして戻ってくると、美枝に向かって小声で、すぐに行かなくては、と告げた。

「どうしても？」と、彼女はいつもの非難めいた口調で聞いた。そしてそれは、なぜかいつもより少し強かった。

美枝の両親と姉妹の全員は晴朗と美枝との、そうした初めてではない会話に耳を傾けていた。けれども、それがいつもと違っていたのは「どうしてもだ」と、晴朗が驚くほどきっぱりと答えたことであった。

美枝は普段は仕方がない、と諦めるのであるが、その短い言葉の語気の強さに内心驚いた。それが彼女の気のせいではないことは、美枝にとっては落胆であったが、確かな事実であった。

美枝はここ最近、どこかでこのような場面を予感をすることがあった。そして、この二年間で自分の中にわいた初めての感情を覚えたばかりであった。

けれども、その不確実であったものを問い詰め、言いわけを求めようなどとは思わなかった。聞かずとも、分かる事柄というものは、この現実に数多あった。

晴朗が立ち上がると、美枝は彼を送ろうとして、その後を追って長く広い廊下を走った。

晴朗は靴のひもをいつものようにきちっと最後まで結ぶことも、後ろを振り返ることもなく玄関を出て行った。

しばらくの間、美枝は玄関につっ立ったまま、彼の後ろ姿が今までの晴朗ではないことを少し空ろになって見ていた。それでもそれを打ち消そうとして、いつもと同じだ、同じだ、と自分に信じ込ませようとして、姿が見えなくなるまでそこに立っていた。

美枝は両親の日常を見て、二人の間に育まれてきた穏やかな時間、関係、それらを愛情であると考えていた。けれども、いざ自分のこととなると、愛というものが時々分からなくなる。いや、それどころか、不安になっていた。そして、その分からないままであったものは、今、唐突にも晴朗の背中が確実なものにしてしまった。

そしてその時、晴朗もまた、躊躇していた思いというものに、彼の両足は考える間もなく踏み出していた。

門を出るやいなや、その進んで行く足より先に、晴朗の心は病院の南実子の部屋に向かった。晴朗はこれ以上無理だというくらい、なるべく速く走ろうとした。今までの人生の中で一番速く走った。

心が彼を連れて、疾風の如く走っていた。

息を切らしたまま病室に入ると、瑠璃と春樹が南実子のベッドの傍らにいた。夫の田所は大阪から東京への飛行機を降りて、羽田からこちらに向かう途中であった。

「先生！」と、瑠璃が叫ぶように呼んだ。

「大丈夫です。ご主人が戻られるまでは大丈夫です。安心して下さい」

すっかり切らした息を、どうにか収めようとしながら、晴朗は努めて冷静に言った。それは自分に言い聞かせる言葉でもあった。

その言葉に瑠璃は少し安堵し、春樹の小さな手をぎゅっと握った。


広く静かな部屋には、バッハの『マタイ受難曲』が流れていた。以前に看護師から好きな曲はありますかと聞かれた時、南実子の頭に真っ先に浮かんだ曲であった。

この曲を聴く度、南実子は、自分が人間として存在することができる、という本能的な喜びを心から感じた。彼女にとって、これはそういう曲であった。真実をもって生きることしか自分にはできないのだ、と思わせてくれた曲だ。

何度、このバッハの曲に心を新たにしてきたことだろう。そして、それは田所と二人で一度も聴くことのない曲であった。

同時に、南実子のおぼろげな頭に『受胎告知』のフレスコ画が浮かんできた。どのような言葉を並べても足りないくらい、心はあの画に鼓舞された。なぜこれほどに、あの画に惹かれたのだろうか。

全ての細部が丁寧に描かれ、色彩の美しいあの画を初めて見た時、そして、二度目に見た時、自分の感覚はおかしくなったのだろうか、と疑うほどに惹かれた。あの画の前から、しばらく動けなかった。

そして、何よりも、マリアと大天使ガブリエルとの、これ以上ないと思われる神聖なる対峙。あの画は南実子にとって、宗教というものを超えた、美しき真《まこと》、というものであった。

時が我が身の終わりを告げようとしている今、南実子はようやく分かった。あの画には未来に現れる時を信じようとする、互いの通じ合いがあるからだ、と思った。

「信じる意思」を描いているのだ、と思った。それを遠のいていきそうな意識の中で確信した。「私は愛したかった、あなたを。たとえ、それが実ることがなくても……」と呟いた。

けれども、それが、相手の耳に届くことはなかった。

病室には南実子の少し速くなった呼吸と、そして晴朗のまだ少しぜいぜいとした息とがあった。人生の中で一番速く走った晴朗の呼吸は、彼の心の真実そのものであった。

部屋には人工呼吸器も何の機器もなかったが、それは南実子が望んだことであった。

南実子は、晴朗が部屋にいることがようやく認識できたのか、小さな声で話を始めた。

「お話したいことがいっぱいあったのに、時間が許してはくれなくなりました」

その顔は、幾分か微笑んでもいたので、晴朗の目にはいつもと変わらないようにも映る。

「ゆっくりでいいですよ。また、いつかお話しましょう」

と、晴朗が言った。まるで子供を寝かしつけるようなものの言い方だった。

その響きは肉親から聞くかのように、優しく南実子の耳に到達する。

「いつか……。もうそれはないのに……」と、南実子は呟いた。

南実子に残された時間が長くはないことは、医師の晴朗はわかっている。そんな中で、いつかという言葉は確約のない、むしろその場しのぎのようなものに人には聞こえるに違いない。けれども、その言葉は晴朗にとって、決して患者へのなぐさみや、偽りのものではなかった。それは、彼の中に僅かに残された小さな希望と、心からの願望と言えるものであった。


雲間から満月が突然に顔を覗かせた。

「晴朗先生と初めて会ったのは診察室ではありません。あの階段を下りたところ。でも憶えてはいないでしょうね」

南実子は遠く懐かしいものを思い出すように言った。

「……憶えています」

と、晴朗が言った。

その瞬間、南実子は瞼が痛くなるのを感じた。微かに残されていた理性を踏み越えて、涙がこみあげてくるのが分かった。感情が現れる力がまだ残されていた。

時の階段の残りは、あと数段だと悟ろうとしているその時、心が小刻みに震える。南実子は声を上げて泣きたかった。けれども、その力はもう残されてはいなかった。ただ涙が両頬に、静かに伝わってゆく。

南実子はあの時以来、自分はいつ醒めるとも知れぬ錯覚の中にいたと思っていた。いや、そう言い聞かせていた。

あの瞬間、彼の目から放たれた輝きが、催眠術師の指先のように、彼女の鋭敏な細胞に到達した、その時から、初めて近づいたはずの二人の間には透明の壁が現れて、自分はそれを越えてはならないとしていた。そして、必死で壁を作り続け、それを守ってきた。

けれども、足音がするほどに近づいてくる最期の時が、今、それを融かしてゆく。階段、あのサン・マルコ美術館の階段を上がった先に待ち構えている、溢れる光の中にいるようであった。

離れようとしていた魂魄《こんぱく》は瞬《また》く間に南実子の身へ戻り、再び一体となった。存在し、自分の目に微かに見えるものが全て光の中にあるように思えた。その中で、自己の存在とあらゆるものとを区切るものが一つになってゆく。

南実子の中で大切にされていたあの数秒は今、小さな実を結び、彼女の未知なる魂の一歩となろうとしていた。そして、その言葉を聞いた南実子は、もうじきこの場所を去らなくてはならなかった。

南実子は、生まれたばかりの春樹を抱いた時に、温かさで満たされたことを思い出した。そして今、晴朗から発せられた一言が南実子を包もうとする。

それは、口から出ると同時に消えゆく運命にある言葉、というものであった。その温もりは、もはや南実子を元に引き戻せるものではなかったが、それでも南実子にもう少しだけ話そうとする力を与えた。


「晴朗先生、心と頭とどっちが大切だと思いますか?」

晴朗は南実子のその言葉の唐突さをごく自然に引き受けると、学生時代に夢中になったゲーテを思い浮かべた。そして「心……」と思った。

普段の晴朗であったら、気恥ずかしいとも思える質問に答えようとは思わない。けれども彼は、南実子との会話を繋ごうと決意した。

患者の最期の一瞬を、彼らの意思に沿う、その信条を晴朗は今、胸に持った。

〝頭が全てだと思っている人間の哀れさよ！　地上のあらゆる所有の中で、自分のハートが最も貴重なものである〟

晴朗の頭にはゲーテの詩集の一節が浮かんでいた。

「心、心だと思います」

「心、心……」

と、南実子は小さな声で繰り返すと、母親のように微笑んだ。

晴朗がこうして初めて自らの心の底から話している、と思った。南実子には心という言葉が嬉しかった。

「お願いがあります。手を見せて下さい」

「手？」

晴朗は少しとまどったが、ゆっくりと右の手を差し出した。その手に南実子は微かに触れると、

「立派な手、有り難う」と、言った。

南実子には晴朗の手の輪郭もはっきりとはしなかった。ただ、その手は、南実子の冷たくなっていく手よりも、遥かに温かかった。

晴朗はこの時間を受けとめ、そして肯定しようとした。彼はそれまでに自分をとどめていたものを知っている。これまで、ずっと従ってきた倫理というものだ。

けれど、倫理とか秩序というものは一体どういったものだろうか。もし真実の心が排除されて、それらががらんどうの中にあるのなら、それは役立たずのものだ。

場面がどうであれ、いっとき、という限られた時間の中で、一人の人間として持ちうるものを真剣に発露しようとすることが許されてもいいのではないか、と晴朗は思った。

南実子は晴朗の顔を少しだけ見つめると、目を閉じてゆっくりと息を吸い込んだ。そして、それはたとえ終わりがすぐ近くに見えていたとしても、最後の一瞬まで、彼女を新しいものに変えてゆくものであった。

南実子が、シーツの中から、白く細い腕を、ゆっくりと、晴朗に向けて出した。晴朗は、一瞬の躊躇の後、南実子に手を差し出した。それは僅かな時間であったが、南実子は静かに微笑んだ。

その時、晴朗は自分という存在が彼女から精一杯、肯定されたような気がした。それは、決して彼女に母親を重ねているわけではない、という彼の普段の意識を押しのけ、押し殺していたはずのものが、母の顔を思い出させたのだろうか。

いや、そうではなかった。それ以上に、自分が触れたのは南実子という存在であった。母の臨終の時、自分は何か心をこめたこともできず、言葉をかけるいとまもなかった。自分が母の枕元に来た時、母の目は固く閉じられ、二度と開かなかった。そして、そっと触れた手はすでに冷たかった。

その悔恨は母も同様のことであったろう。だから、それを繰り返してはならない、と思った。

晴朗は今、全身全霊をもって、南実子の言葉に耳を傾けていた。医師という職業を越えて、ただ人として南実子に向き合っていた。

そして彼は今、南実子という一人の人間の、信を受け取ろうと思った。

南実子は再び話し始めた。

「死に向かうことは最初、途方もないほど、恐ろしいものに感じられました。なぜなら、それは、誰も知らない未知なるものへの入り口だからです。でも、今は違います。その入り口の近くは静かに感じられます。

人生が終わろうとし、その次に待ち構えるだろう入り口で、私は初めて、自分の存在が何であったかを知ったような気がしているのです。自己の真実の輪郭をおぼろげながら感じているのです」

未知なるもの、自己の存在の輪郭、と晴朗は自分の中で繰り返した。そして、誰でもがいつか、永く閉ざされる静寂に身を委ねてゆく道を想像しようとした。

息も苦しいに違いない中で、南実子は人が持ちうる最後の瞬間を、自分に話そうとしている。それは、話そうとしているというより彼には、伝えている、というようにも思えた。

もし、そうならば、自分は必死に耳を傾けなくてはならない、と彼は強く感じた。そしてそれは、死というものに、今という時間に、そして、南実子と自己に対して誠実になることであった。


晴朗は初めて自分の心を伝えた。

「あなたは辛さを乗り越えようとする気構えを示してくれました。それに、はかり知れない勇気もくれました。そして今、それ以上のものを私に与えてくれようとしています」

晴朗は瞬きすることなく南実子に言った。

「……それは私の方です」

と、南実子が小さな声で言った。

その音ののち、二人の間には時がもうこのまま止まってしまうのではないかという一瞬の沈黙が生まれた。

けれども、南実子は最後の力を振り絞るかのように、先ほどよりもしっかりとした口調で、再び話し始めた。

「お母様と言葉を交わせなかったこと、長い苦しみだったことでしょう。でもね、それはあなたが大切な人の言葉を、あなたの心が想像してもいい、ということかも知れません。ある日はファイト、ある日はごめんね、病気になってしまって、と。そして何よりも、有り難う、と言っている。

決して、何も残さなかったわけではありません。沈黙の豊饒をあなたに残しました」

その言葉は南実子の意思そのものであった。

晴朗の目には堪えていたものが瞼まで上がってきた。けれども、たとえ、その一滴が南実子の手に落ちたとしても、南実子の白い皮膚の感覚は、すでにそれを受け取ることはなかった。

やがて南実子の声は小さくなり、うわ言のような様子で話を始めた。

「長いこと森の中に迷いこんでいました」

森の中、と晴朗はその意味を理解しようとしたが分からない。

「森？」

「そう、森」

人は臨終に際した時、脳に特別な物質が出て、幸福な気持ちになることがある、と言われている。心臓が止まりそうになると、脳の中でエンドルフィンなどの快感物質が増えるというのがその理由である。

(今のところ動物実験でしか得られていないデータではあるが、脳下垂体に存在するモルヒネ様作用を持つ、内因性モルヒネ様物質というものである)

人の中で、そのまだ確実ではないものが、今、南実子をそうさせているのなら、晴朗はそれに任せようと思った。

そして、晴朗は、南実子の心の中にあるものを少しでも理解しようとし、ゆっくりと椅子に腰を下ろした。

「私は今、そこを出てゆくような気がしています。眩しい何かに誘われて」

晴朗には南実子が感じていることは分からなかった。けれども自分に分からずとも、それはどちらでもいいことのように思えた。彼女が懸命に言葉を繋ぎ、何かを伝えようとしている姿を見守り、耳を傾けた。

南実子が何かから解かれてゆく、それは、人が、生きてゆくのに逃れることのできない抑圧から、放たれてゆく、というものであった。時間の抑圧、痛みを伴う肉体の抑圧、そして、精神の上での抑圧。

それらから解かれてゆくことは、よろこびとなって、南実子の全身を突き抜け、頬に上る。それは、正に、内からの微笑みであった。南実子は晴朗に心をこめて、それを表そうとした。晴朗は今までに何度となく南実子の微笑む顔を見たはずであったが、それは見たこともないほどの微笑であった。彼は今、初めて彼女に、去りゆこうとする一個の存在としての美しさを感じた。

南実子の存在は、この世界で一番美しいと思っていた母よりも美しかった。晴朗が見たものの中で最も美しいものであった。

しばらく目を閉じていた南実子が意識を取り戻したかのように「主人と子供を呼んで下さい」と、か細い声で言った。

田所が乱暴にドアを開けて病室に入ってきたのは、丁度その時であった。南実子の目はすでに彼の姿をとらえることができなかったが、呼びかけられると彼女は力を振り絞った。

「手紙を読まれましたか？」

と、消えてしまいそうな声で、田所に確認すると、彼は息が荒いまま、ああ、と返事をした。それを聞いたあと、南実子には少し躊躇があったが
「私の我侭を許していただいたこと……どうか、許して下さい」

と、か細い声で言った。

「わかった、無理をして話さなくていいから」

「会社とご自身を大切に。そして春樹のこと、どうか、どうか、お願いします。どうか」

制止しなければ、南実子はずっとその言葉を続けそうだった。

田所は、放心したように立っていた。そして、間に合ってよかったという安堵の後、忘れていたかのように呼吸を一度深くした。

南実子の呼吸は、自然に、けれども、段々に小さくなってゆく。田所は春樹の小さな背に手をあてて母親の元へとやった。

再び意識がはっきりとしたのか、先ほどとは一変して、南実子は、すっかり細くなり、力を入れるのが難しくなった腕を懸命に伸ばして春樹の手を握った。

「ハル、いつか、母さんの描いたあなたと、あなたの靴の絵を見てね」

南実子は春樹の頬を優しく何度も何度も撫でた。そして、春樹への手紙に書いたものを暗

唱でもしているかのように、春樹に話した。

「もう少ししたら母さんはあなたの目には見えなくなる。でも、それはいつも見ていた姿が変わるだけ。いつの日か、何かの生き物に、母さんだった欠片が宿ろうとするかも知れない。そんな時は目を瞑れば、あなたにはきっと分かるわ。

あなたが生まれた春になったら、春霞の中に、隠れているかも知れない。あなたが想えば、すぐにあなたの肩に飛んで行くからね。そうして母さんはあなたの心の中で、あなたの一部になる。だから見えなくても、近くにいる」

春樹は瞬きすることなく、母の言葉を聞いていた。

そして、南実子は春樹を見つめて続けた。

「そしてね、人の心というものは、お金や食べ物よりも、もっともっと大切なものなのよ。それを忘れないでね」

春樹は、小さな声で、こころ、こころと繰り返した。

「有り難う、春樹、あなたのこと、大好きよ。愛しているから、心から。ずっと、ずっと」

と、今までの時間の中で、一番はっきりとした口調で南実子は言った。

春樹は、息も絶え絶えの中で、気高くもある母親の姿を、涙も流さず、目をそらすこともなく見つめ、直立不動で南実子の言葉を聞いていた。

心惹かれる花や木、小さな動物の中に、人は、確かに過去に肉体を有していた魂の、無数の欠片を見つけることがあるかも知れない。

愛する人のことを想う時、それは愛する人の、かつてあったはずの存在に、心で触れようとするのだ。そして、同時に、目に見えぬ手で頬を優しく撫でられているのかも知れない。

「ハル、ハル……」と、南実子は小さな声で二度、呟いた。そして「ずっと……」と、何かを続けて言おうとした。

けれども、もうそれからは彼女の思いが声になることはなかった。

〝あなたの手助けになる日がくるまで生きていたかった。あなたが自信に満ちた姿で人々に声をかけ、励まし、真剣に耳を傾ける姿を見ていたかった〟

南実子の中にある確かなその時間は、南実子が持つことのできた時間の中で、恐らくもっとも肉体の終わりに近いものであるだろう。

けれど、それが全ての終わりなのか、それともまだ何かがあるのか、もはや意識をすることが南実子にはできなかった。

南実子は少し前、無、ということを考えた。自分の全てがなくなってしまうことを思った。けれども、無とは一体どんなものなのか。どれほど想像しようとも、わかりはしなかった。春樹にとって、夫にとって、瑠璃にとって、そして晴朗にとって、自分は無という存在になるのだろうか。けれども、それは自己が想像し、そして視ようとするものを無と思うだけであり、どこか別の、隠された場所から視ようとした時、それは果たして真実、無なのであろうか。

それとも、異なった次元の世界で、何ものかになろうとし、そして、なってゆくのであろうか。

それでも、こうして肉体の生を閉じてゆくということが、まるで機が熟すかのように、僅かながらわかるような気がし、南実子は遠くで意識をした。

死は、去りゆく側からは、あらゆる日常の関係性を消滅させるものであろう。けれど、此岸に残される者にとって、肉体は無となろうと、死者は、今までとは違った形で、揺るぎのない唯一無二の存在となる。

愛する者たちへの思いが高まってゆく中で、心だけは残してゆくことができる、と南実子の肉体の奥の無意識は、消えようとする微かな意識に語りかけ、発露しようとしていた。

南実子の奥底が叫ぶが、もう、それは音となることは不可能なことであった。

人は人生の中で、自己の存在を証明しようと懸命にアピールする。けれど、苦痛は時に、それを受ける自己の肉体の存在を、痛みと辛さで、まるで別のもののようにもする。そして、それが一時的にも収まると、苦しみから逃れようとするものの、それと共に生きてゆく他はないのだ、と納得もする。

人がその苦しみから一部の隙もなく解かれる始まりは、あらゆる苦しみを受けたはずの肉体の終わりと、それが生み出していた数えきれないほどの思いの終わり、とによってなされるものであった。

こうして、肉体の終わりは、解かれてゆく、ということの始まりであった。人が生きて死んでゆくことは、人の力ではどうしようもない、宿命という名の、至高の不条理と肉体の秩序であった。

〝愛する人の姿を見ることができない、いいえ、そんなことはない〟

と、南実子は微笑もうとした。

〝あなたは分からないかも知れない。そして私にもできるか分からないけれど、これからはいつだって、あなたの頬を撫で、あなたの肩を抱ける。そして胸が思いで張り裂けそうになることもない〟

人を愛したい、愛するのだ、という南実子の奥深く潜んでいた重大で最も尊い欲望は、最期の時間と共に、あらゆるものを、何ひとつの報いもなく終えようとしていた。

そして、消えゆこうとする一個の存在は、ずっと愛してゆくことのできる、勁いものになってゆこうとしていた。その全ての瞬間は、この世界から去りゆく一人の女の最後の挑戦とも言えた。

南実子の周囲に立ちつくしていた人々が彼女に感じたのは、悲しみと同時に、いや、それ以上に彼女の存在の「勁さ」であった。

それは、人が生き生きとしている間の強さとは全く異なっていた。全てそぎ落とされて、人間の芯とも言える核のようなものであった。その最後に残されようとするものは、なにものでも侵しがたい至高の魂であった。

南実子は視界が薄暗くなって、両の目が光を失っていこうとする中で、記憶に存在するものの全てを美しく感じていた。自分はあらゆるものを愛しているのだ、と思った。

南実子の口元に微かな笑みが浮かんだ。

〝この地上に存在を得たこと、それが、今、私の至福の喜びだ〟

と、自分の存在の終わりに彼女は思った。

遠くて近い存在たち。近くて遠い存在たち。それらが南実子の内部で融合しようとしている。

自分という存在と晴朗がなぜ別の存在なのか、とうすぼんやり思った。そして、自分という最も近いはずであった存在が解かれてゆくと同時に、彼らという別のはずの存在も、その小さな殻から解かれ、徐々に隔たりがなくなってゆく感じがした。

その時、目には見えなかった、長く不確実であったものが、確実となってゆくのが分かった。

今まで見たこともない新しい光が顕れて、その中に全てをひとつにしようとするのを感じた。

光は永き安寧への入り口であった。

〈著者紹介〉

中澤美喜子（なかざわ みきこ）

長野県諏訪市生まれ。
諏訪二葉高校卒業後、英文科に進む。

チノン株式会社　海外営業部東京支社に 13 年勤務。
海外営業部長秘書の後、営業部員として、アフリカ諸国、中南米諸国、英国を担当。

海洋研究所に 2 年勤務。事務職の非常勤として生物生態部門所属。

米国電池会社　Duracell 社　日本法人に 10 年勤務。新製品・新技術部主任。
Duracell 社は在職中に米国 Gillette 社に買収される。
その後、Gillette 社は P&G 社に買収される。
（Duracell 社は 2016 年 Mr. Warren Edward Buffett, CEO 率いる Berkshire Hathaway 社に買収され、BH 社の One of Brands となり、現在に至っている）

2020 年『瑠璃』を鳥影社から刊行

『受胎告知』の前で

乱丁・落丁はお取り替えします。

2024年3月9日初版第1刷発行
著　者　中澤美喜子
発行者　百瀬　精一
発行所　鳥影社（www.choeisha.com）
〒160-0023　東京都新宿区西新宿3-5-12トーカン新宿7F
電話　03-5948-6470, FAX 0120-586-771
〒392-0012　長野県諏訪市四賀 229-1（本社・編集室）
電話 0266-53-2903, FAX 0266-58-6771
印刷・製本　モリモト印刷

ISBN978-4-86782-074-2　C0093